Autobiografie

von

Dea APHRODITE-KALI

„Wer ist Dea APHRODITE-KALI?"

oder

„I Fioretti di san Francesco d'Assisi"

Autobiografie

von

Dea APHRODITE-KALI

Herstellung und Verlag:
Books on Demand GmbH, Norderstedt, Germany
ISBN 978-3-8391-9861-2

Impressum

Die Deutsche Nationalbibliothek verzeichnet diese Publikation in der Deutschen Nationalbibliographie; detaillierte bibliographische Daten sind im Internet unter http://dnb.d-nb.de abrufbar.

Herausgeberin:

Evelyn TURIANO
Postfach 200355
D-13513 Berlin
Germany

Autorin:

Dea APHRODITE-KALI
Postfach 200355
D-13513 Berlin
Germany

{Die Autorin und Herausgeberin berufen sich auf „Artikel 5 Grundgesetz"!}

9 783839 198612

1. Auflage Juli 2010
2. Auflage März 2011

Herstellung und Verlag:

Books on Demand GmbH, Norderstedt, Germany

ISBN 978-3-8391-9861-2

Inhalt

Vorbemerkung

In den fünfziger Jahren machten in Europa viele katholische Krankenhäuser Experimente mit Embryonen und Babys. „Dea APHRODITE-KALI, geborene Froletti" handelt von einer „gescheiterten Frucht" von einem dieser Experimente.

Obwohl die Autorin die Geschichte von Dea APHRODITE-KALI aus einer Mischung von moderner Fabel, Kriminalroman, Intrigen, Liebesaffäre, Sexualmissbräuchen, Dokumentarberichten und so weiter geschrieben hat, handelt sich um eine wahre Geschichte. Die Autorin hatte alle Erinnerungen, auch über Alpträume, medizinische und gerichtliche Berichte über Dea APHRODITE-KALI so wie ein Puzzlebild zusammengefasst. Dea APHRODITE-KALI, eine sogenannte Tochter der Vatikan, wurde in einer Sonderabteilung eines Mailänder Krankenhauses geboren, wo in den fünfziger Jahren und wahrscheinlich auch noch heutzutage, Nonnen auf Anordnung und Überwachung des Vatikan unter fragwürdigen Experimenten Babys geboren haben. Natürlich steht es dem/der Leser(in) frei, diese Geschichte zu glauben oder nicht. Er (sie) könnte auch eigene Nachforschungen machen, die diese Geschichte dementieren oder bestätigen.

Die Vorgeschichte (1950-1951)

Es war einmal im Jahr 1950, als Agnese Vittoria Fioraso ein 24-jähriges Fräulein, ihr Heimatdorf Sarego/Italien verlässt und nach Mailand geht, um sich einen Ehemann zu angeln.

Eines Tages, als sie am Straßenrand steht, sieht sie einen jungen Mann mit einem kleinen Lieferwagen ankommen und sie springt so, dass sie einen kleinen Unfall provoziert.

So macht sie die Bekanntschaft mit dem 23-jährigen schönen Sizilianer Domenico Turiano, der genau so wie der Sänger und Tenor Domenico Modugno (* 9.1.1928 in Polignano a Mare, Italien; † 6.8.1994 auf Lampedusa, Italien) aussieht.

Nach Angaben von Agnese wurde sie im Jahr 1951 von Claudio Pica angesprochen und fotografiert, einem jungen Fotografen, der später als italienischer Sänger Claudio Villa bekannt wurde (* 1.1.1926 in Rom, Italien; † 7.2.1987 in Padua, Italien). Er gestand ihr, dass er verliebt in sie war und dass er sie heiraten wolle. Agnese lehnte seinen Heiratantrag ab (offiziell weil sie bereit mit Domenico verlobt war, inoffiziell weil Claudio hässlich war).

(Claudio Pica (Villa) hat nicht erfahren was für ein Glück er gehabt hat, dass Agnese ihn abgelehnt hat. Wenn sie seinen Antrag akzeptiert hätte, dann wäre es bestimmt Claudio Villas Untergang gewesen.)

Zwischen August und Oktober 1951 gab sich Agnese, nachdem sie ihn lange Zeit hatte zappeln lassen, dem jungen Domenico sexuell hin.

Kurze Zeit später musste Domenico wegen der Überflutungskatastrophen zurück nach Sizilien, und Agnese erfuhr, dass sie schwanger war.

Mit einem Brief machte Domenico Agnese klar, dass er nur zurückkommen werde, wenn ein Junge geboren wird.

Agnese war verzweifelt. Sie musste um jeden Preis einen Jungen bekommen. Dafür ist sie sogar bereit ihre eigene Seele zu verkaufen...

1951
Agnese Vittoria Fioraso

● ● ● ● ● ● ● ● ● ●

Angeblich sollte von Claudio Pica (Villa) fotografiert, gerahmt und als Liebesbeweis an Agnese geschenkt.

Das Embryonalstadium (1951-1952)

Agnese ging in eine Nonnenklosterabtei eines katholischen Krankenhauses in Mailand und bat um Asyl.
Die Oberin gewährte Agnese Asyl und versprach, dass die Mediziner ihr helfen würden ein männliches Baby zu gebären.
Als Gegenleistung versprach sie, die ganze Schwangerschaftszeit verkleidet als Novizin behilflich zu sein und dass sie ein Leben lang schweigen würde über die vielen fragwürdigen Experimente.
Eine fragwürdige medizinische Behandlung war auch, dass Frauen, die Kindern haben wollten, aber nicht bekommen konnten, eine Flüssigkeit eingespritzt wurde, die man als Bier bezeichnete.
Es wurde behauptet, dass es sich um Urin von schwangeren Frauen handelt, aber es gab das Gerücht, dass es Urin von schwangeren Kühen wäre.

Die Zeit verging und der Frühling kam, Agnese wurde immer fülliger, die wahren Novizinnen fingen an zu tuscheln. Es war nicht mehr möglich zu verbergen, dass sie schwanger war. Darum wurde sie isoliert.

Ende Mai 1952 war es so weit, Agnese gebar ein Baby.
Aber das Experiment war misslungen, Agnese gebar keinen Jungen und auch kein Mädchen, sondern eine Mischung aus beiden.
Das Baby sah wie ein wunderschönes Mädchen aus. Die Hormonbestimmung war eindeutig weiblich, es hatte innere weibliche Organe, aber auch ein eindeutliches männliches Organ und litt an Depression.

Die Diagnose der Ärzte war:
Hermaphroditismus mit weiblicher Determinierung und chronisch depressiver Verstimmung auf der Grundlage des Hermaphroditismus.
Aus medizinischen Gesichtspunkten empfahlen die Ärzte eine operative Entfernung des männlichen Organs. So hätte das Baby ein normales Leben als Mädchen führen und später als Frau auch selbst Kinder gebären können.
Aber den Ärzten waren die Hände gebunden. Da sie von Agnese erpresst wurden, waren sie gezwungen die weiblichen Organe operativ zu entfernen.

Die Götter konnten diese Ungerechtigkeit nicht verstehen, darum gaben sie dem Baby einige Fähigkeiten und nahmen es unter ihren persönlichen Schutz.

Trotz allem, Agnese wollte von diesem Baby nichts wissen und weigerte sich, es anzuerkennen.

Im Geburtsurkundebuch aus dem Jahr 1952 - Teil I, Serie A, Nr. 277 wurde folgender Eintrag gemacht:

{Im Jahre 1952, am 30. Mai, um 9:20 Uhr, hat sich bei dem unterfertigten Leiter des Standesamtes der Gemeinde Mailand, Prof. Arliade Pigó, Herr Vendico Luigi vorstellig gemacht, 42 Jahre alt, Amtsdiener, wohnhaft in Mailand, der – von der Leitung des Kreiskrankenhaus „Presidio Ospedaliero Macedonio Melloni - Azienda Ospedaliera Fatebenefratelli e Oftalmico" von Mailand bevollmächtigt, vor den Zeugen: Francia Luigi, 61 Jahre alt, Sohn des Bassano, Portier, wohnhaft in Mailand und Ghianda Rinaldo, 60 Jahre alt, Sohn des Luigi, wohnhaft in Mailand Portier, folgende Erklärung abgegeben hat:

„Am 28. Mai 1952, um 13:40 Uhr, ist im Hause Nr. 52 der Via Macedonio Melloni ein Kind geboren worden, dessen Mutter nicht erkannt werden will.

Das Kind ist männlichen Geschlechtes."

Dem Kinde, das mir nicht vorgestellt wurde, über dessen Geburt ich mich aufgrund der Krankenhauspapiere vergewissert habe, habe ich den Name Walter und den Familienname FROLETTI gegeben.

Das Kind wurde auf meine Verordnung von Herrn Vendico - dem ich die Kopie dieser Urkunde für den Leiter des Institutes ausgehändigt habe - das Landesinstitut für den Schutz und die Fürsorge des Kindes „Istituto Provinciale di Protezione ed Assistenza all'Infanzia (IPPAI)" (Waisenhaus) gebracht.

Vorliegende Urkunde wird, nach Vorlesung, von allen Anwesenden unterzeichnet.}

Die gestohlene Kindheit (1952-1959)

Kurz nach der Geburt lebt das Baby Walter für mindestens 3-6 Monate im Waisenhaus in Mailand „Istituto Provinciale di Protezione ed Assistenza all'Infanzia (IPPAI)" als nicht gewolltes Kind.

Am 15. November 1952 heiratete Domenico Agnese. Agnese hatte Domenico verschwiegen, dass Walter an Hermaphroditismus litt. Nach der Heiratszeremonie versuchte Agnese zum ersten Mal, das Baby umzubringen. Sie gab Walter ein großes Konfekt. Die Oma sah, dass das Baby kurz vor dem Ersticken war. Sie reagierte schnell. Mit einem Finger zog sie das Konfekt heraus.

Dann lebte Walter abwechselnd bei den Großeltern, aber es wurde immer auffälliger, dass es ein Mädchen war. Es trug lange, blonde Haare und war wunderschön, aber litt weiterhin an Depressionen.

Agnese wollte um jeden Preis das Geheimnis bewahren, darum veranlasste sie, dass Walter in ein Nonnenkloster in der Provinz von Como, wo Waisenkleinkindern bis zum Alter von circa 7 Jahren lebten, abgeschoben wurde. Dort gab es auch mehrere Medizinstudenten.

Da Walter immer auffälliger wurde, es spielte zusammen mit anderen Mädchen mit Puppen, wurde veranlasst, dass es mit Elektroschocks, Drogentee und anderen Psychopharmaka behandelt wurde, um so die Gehirnwäschen durchzuführen.
Diese fragwürdigen Behandlungen verschlimmerten die ganze Problematik nur.
Walter wusste nicht mehr wer oder was es war. Sobald es eingeschlafen war, fingen die Alpträume an und wurden mit der Zeit immer schlimmer und verwirrter. Es hatte Angst von der Dunkelheit, wachte jede Nacht schreiend und voll heißkalt gebadet auf, oft war es auch schlafgewandelt.
Darum wurde es verlegt in ein Zimmer zusammen mit einem Studenten, da die Studenten oft die ganze Nacht studiert haben.

Einige dieser verwirrenden Alpträume, wo Walter nicht verstehen konnte, ob es sich um Erinnerungen handelte oder ob sie reine Fantasie sind, waren:

► *Als Beobachterin sieht es in einem Operationssaal, wie Ärzte an einem Baby die weiblichen Organe herausoperieren und weiß, dass das Baby es selber ist.* *Es sieht auch eine Nonne, die wie Agnese aussieht, die sich weigerte, das Baby zu anerkennen und es verlassen hat.*

► *Es fällt und fällt immer wieder, in ein bodenloses, spiralförmiges Loch* (erst, weil es laut geschrieen hat und geweckt wurde, hatte das Fallen ein Ende, bis der nächste Alptraum kam).

► *Auf der einen Seite sieht sich Walter als circa 18-jähriges Mädchen mit altmodischen Kleidern im 18. oder 19.* Jahrhundert in *einem alten Kloster, wo geheimnisvoller Weise junge Mädchen verschwanden* (ist das eine Erinnerung an ein früheres Leben?). *Auf der anderen Seite sieht es sich als kleinen Jungen von circa 5-6 Jahren in einem modernisierten Teil des Kloster im Jahr 1957-1958, wo es eine Nacht aufgeweckt wird durch lauter Krach. Die Nonnen, Kinder und Studenten waren auf dem Flucht. Walter schlief wieder ein. Als es den Tag danach aufwachte wunderte es sich, dass alles so ruhig war. Das Gebäude lag schief wie der Turm von Pisa und kein Mensch war da. Kurz danach kamen alle zurück.*
(Obwohl beide Seiten einige Unterschiede haben, handelt es sich eindeutig um denselben Ort, nur in einem anderen Jahrhundert, und in der Zeit, da Walter in diesem Kloster war, gab es tatsächlich ein Erdbeben).

► Einer weiterer von solchen Alpträumen war auch:
Walter war und wurde immer neugieriger. Es ahnte, dass dieses Kloster ein böses Geheimnis verbarg und das wollte es ausfindig machen.
Es erforschte erst die erlaubten, dann die verbotenen Gebiete des Klosters. Es fand eine Wendeltreppe in einem Turm.
In Richtung nach unten fand es eine Tür, die zu einem großen Gewölbekeller gehörte. Es öffnete sie einen Spalt breit, um zu schauen was drin war.
Der Raum und die Personen waren sehr geheimnisvoll, es sah aus wie ein Messeraum, aber kein normaler, sondern dort wurden eindeutig Schwarzmessen zelebriert und diese Satananbeter waren gerade dabei ein Baby zu opfern.
Für Walter war ein Schock. Es konnte nicht verstehen, was es gerade gesehen hatte und was das im einem katholischen Kloster zu suchen hatte.

Etwa im Jahr 1958 kam Walter in Comasina in ein Quartier in Mailand zu den Eltern Agnese und Domenico.
Inzwischen gebar Agnese zwei weitere Kindern, Elena im Jahr 1953 und Angelo im Jahr 1955, und weiter mindestens zwei Aborte.
Da Domenico als selbständiger Schrotthändler mit einem kleinen Lieferwagen arbeitete, und darum nicht ausreichend Geld verdiente, war die Familie Turiano auf die Hilfen von Sozialfürsorge und Verwandtschaft angewiesen.

Agnese hasste Walter. Sie sah es, als wäre es eine Missgeburt, eine Laune der Natur, der Ruin ihres Lebens.
Sie verkaufte es stundenweise für Sexspiele an ältere Kinderschänder, zum Beispiel einen alten Herrn, den Vater einer Frau Irma.
Agnese war voll von Hass. Sie hat sogar einmal Walter von einem Treppenhaus herunter geschmissen in der Hoffung, dass es stirbt.
Walter hat sich ein Bein gebrochen, aber es überlebte. Danach erzählte Agnese, dass das Kind beim Spielen von allein heruntergefallen war.

Dea Aphrodite Reinkarnation (1959-1965)

Im August 1959 als Agnese im Krankenhaus war, um zu gebären, war Walter allein zu Haus mit seinem circa 24-jährigen Onkel Vittorio, einem schönen jungen Mann mit einem Apollokörper. Er war vor kurzer Zeit vom Militärdienst zurückgekommen und hatte bereits den Hochzeitstermin mit Maria festgesetzt.
Walter hatte seine ganze weibliche Schönheit eingesetzt, um Vittorio zu verführen. Erst versuchte er sich zu wehren, aber dann konnte er der *„Venusfalle"* nicht entfliehen. So begann eine heiße Liebesaffäre zwischen Walter und Vittorio.

Agnese gebärt am 16. August Mimmo. Als sie mit dem Baby nach Hause kam, war Walter fest überzeugt dass dieser Neugeborene sein eigenes Kind ist, die Frucht der Liebenaffäre mit Vittorio. Es kümmerte sich um ihm, so intensiv, dass Agnese sehr ärgerlich wurde.
Sie veranlasste, dass Walter eine Therapie mit männlichen Hormonen bekam und erzählte ihm, dass das Vitamine seien.
Walter wusste, dass diese Spritzen keine Vitamine waren, sondern Gift für seinen Körper. Darum weigerte er sich mit unglaublichen Kräften, aber gegen 8-10 Männer, die ihn festhielten war er machtlos.
Walter fühlte jede dieser schrecklichen Behandlungen wie die schlimmste Vergewaltigung.
Diese Hormonstherapie konnte die Blutwerte des Kindes verändern, aber nicht das Verhalten und auch nicht die *„Dea Aphrodite"* Seele, die in diesem Körper gefangen war. Darum wurde ihm eine Babypuppe gekauft und Walter mit der Puppe in ein Kinderheim in Traona, Provinz von Sondrio abgeschoben, wie ein lästiger Gegenstand.
Kurze Zeit später war die Familie Turiano auf mysteriöse Weise zu Reichtum gekommen, sie besaß plötzlich in Arese, Provinz von Mailand, eine Villa, ein großes Grundstück und eine Firma mit mindestens 10 Mitarbeitern.

(War dieses Vermögen vielleicht Schweigegeld, bzw. Erpressungsgeld oder sogar Entschädigungsgeld für die misslungenen Experimente?)

Die erste Zeit im Kinderheim war für Walter sehr schwierig. Weil er mit Puppen spielte, war er ständig dem Verspotten durch die anderen Kinder ausgesetzt. Darum versteckte er die Puppe und begann sozusagen ein Doppelleben.

▶Auf einer Seite war er Walter, ein ganz „normaler", sehr intelligenter Junge. Er hatte die besten Noten in wissenschaftlichen Fächern und war sehr interessiert an technischen und elektronischen Geräten *(es war sogar das Gerücht in Umlauf, dass er einen Fernseher zerlegt und wieder zusammenmontiert hatte, und das Gerät hatte auch danach einwandfrei funktioniert)*, aber im sprachlichen Fach (in diesem Fall Italienisch) hattet sehr schlechte Noten, so dass er die zweite Klasse 3 bis 4 mal wiederhole musste.◀

▶Auf der anderen Seite war es „Dea Aphrodite", die Göttin der Liebe.
Sie hatte die Gabe der Verführung, so dass der Verführte glaubte selber der Verführer zu sein.
Sie wurde sehr beliebt und gewann immer mehr Freunde. Ihre Freunde fühlten sich in ihrer Nähe wohl. Bei Kummer und Problemen wurde sie um Rat gefragt und sie konnte jeden trösten und hatte immer den passenden Ratschlag parat.
Sie fühlte sich verpflichtet die Natur, Tiere und die Wehrlosen zu beschützen.
Einmal, als sie erfuhr, dass ein Freund von dem Beichtvater sexuell missbraucht wurde, setzte sie ihren Charme ein, um den Priester in die Sexfalle zu locken. Dieses geschah ohne viel Mühe.
Danach erzählte sie es (im Form von Witzen) allen.
Die Angelegenheit wurden vertuscht *(der Vatikan ist der größte Experte, solche Affäre geheim zu halten)*, aber kurze Zeit später war der Beichtvater nicht mehr zu sehen und auch in der Kinderheimschule war keine Priester und Schwestern (Nonnen, ähnlich Heimpersonal) mehr eingesetzt, sondern es kamen nur Lehrer von außerhalb.◀

Im Grunde hatte Walter in diesem Heim ein gutes Leben. Er hatte vielen Freunde, war sehr beliebt und es gab gut und ausreichend zu Essen, und als er bemerkte, dass die Schwestern aßen wie „Gott in Frankreich", hat er das Essen der Schwestern abgefangen und mit seinen Freunden Fressfeste veranstaltet. Die Schwestern haben ihn nie erwischt.

Aber es gab auch einige Erfahrungen, die Walter zum Nachdenken über die Methoden des Katholizismus gebracht haben.
Beispielsweise es gab einen Freund, der herzkrank war. Seine Mutter, obwohl sie bettelarm war, kam an allen Sonntagen zu Fuß von Mailand um ihr Kind zu besuchen.
In der Zeit, als Walter in diesem Heim war, war dieser Freund bereits zweimal offiziell als tot erklärt und bereits in einem offenen Sarg wegen der Totenwache in einen Raum gelegt worden. Als es ein drittes Mal geschah und er aus dem Totenreich zurückkam, hatten die Schwestern

sofort den Sarg zugenagelt und damit hatten die Schwestern für dieses Kind das Todesurteil ausgesprochen und ausgeführt.
Das Kind bekam Todesangst. Es hat laut geschrieen und versuchte sich aus der Todesfalle zu befreien, aber gegen die Vertreterin des Vatikans war er machtlos.
Die Schwestern sorgten dafür, dass Walter und die anderen Kinder den Raum verließen und haben das Zimmer verschlossen, sodass keiner mehr rein konnte.
Den Sonntag danach, als die Mutter des Gestorbenen kam, um ihren Sohn zu sehen, wurden ihr das verweigert und wurde der armen Frau kaltblütig gesagt, dass das Kind tot wäre und sie wurde einfach rausgeschmissen.
Walter konnte die Todesschreie nicht vergessen, aber er merkte, dass er die Gabe besaßt, die Verschiedenen zu sehen und mit ihnen zu kommunizieren.
Er versprach seinem gestorbenen Freund, dass er dafür sorgen wird, die Umstände von dessen Tod bekannt zu machen, und so dafür zu sorgen dass die Seele dieses guten Freundes wieder ihren Frieden finden kann.

(Spätestens nach die Veröffentlichung dieses Buches wird die Gerechtigkeits-Göttin Sorge tragen, dass dieser Mord aufgedeckt wird und die Leiche dieser Seele exhumiert wird. Die Reste des Sarges werden beweisen, dass das Kind noch gelebt hat als der Sarg zugenagelt wurde.)

In der ganzen Zeit, als Walter in diesem Kinderheim war, hatte ihn Agnese nur ein einziges Mal besucht.
Sein Vater Domenico im Gegensatz dazu kam jedes Mal, da er geschäftlich in der Nähe war. Dass war zwei bis drei mal pro Monat.

Im Jahr 1962, als Walter zehn Jahren alt war, verbrachte er die Schulferien zu Hause. Eines Tages war er ganz allein mit Agnese in der Villa, als eine lange Limousine mit verdunkelten Scheiben vor dem Familiengrundstück anhielt.
Der Fahrer öffnete die Hintertür des Wagens, um einer Nonne beim Aussteigen behilflich zu sein. Im gleichem Moment sah Walter, dass neben der Nonne eine Eminenz der Vatikanfamilie im rotem Gewand saß.
Agnese sagte Walter, dass die Nonne, deren Name auch Agnese war, eine Cousine sei, die extra aus Rom angereist wäre, um Walter kennen zu lernen.
Walter hatte gemischte Gefühlen gegenüber dieser Nonne, die eindeutig viel älter als Agnese war und auch eine verblüffende Ähnlichkeit mit Agnese hatte.

Einerseits fühlte es sich sehr stark hinzugezogen, aber andererseits waren da sehr stark ablehnende und verachtende Gefühle.
Die Erinnerung an seine eigene Geburt lief wie ein Film vor seinen Augen ab.

War die Nonne Agnese seine wahre leibliche Mutter, die ihn gleich nach der Geburt verlassen hatte?
War die Eminenz, die in der Limousine saß, möglicherweise sogar sein wahrer leiblicher Vater?
Welche Nonne lässt sich fahren in einer Limousine von Rom nach Mailand, begleitet von einer Eminenz, nur um einen einzigen zehnjährigen Cousin zu besuchen?

Als Walter circa dreizehn Jahren alt war, entschied Domenico gegen den Willen Agneses, dass das Kind nach Arese zu der Familie kam und dort auch zur Schule ging.
An einem der letzten Tage im Kinderheim, als Walter sich von seinen besten Freunden verabschieden wollte, wurden ihm bewusst, dass er gleichzeitig mit zehn Jungen verlobt war.
Er wusste, dass sehr geliebt wurde. Aber gleich mit zehn? Das war ihm erst wirklich bewusst, als sich verabschieden wollte.

Die Erkenntnis (1965-1967)

Es kam der Tag, dass Walter endgültig das Kinderheim in Traona verlassen sollte.
Es war wunderschönes Wetter und Walter war fröhlich gestimmt.
Domenico hatte ihn mit dem Lieferwagen abgeholt, aber je näher sie Arese kamen, um so trauriger wurde Walter. Die schrecklichen Erinnerungen an seine Geburt und die ersten acht Jahre seines Lebens kamen zurück.
Er wusste, sobald er im „daheim" angekommen war, war er der *„schwarzen Hexe"* Agnese ausgeliefert.
Er verfiel im akute Depressionen und als er zu Hause ankam, war er bereits schwer krank, mit hohem Fieber. Der Arzt war ratlos. Nur Agnese wussten Bescheid, war aber nicht bereit das „Geheimnis" preiszugeben.

Erst als Walter in Arese lebte, lernte er seine Geschwister Elena, Angelo und Mimmo kennen. Er wurde sich bewusst, dass sie sich eigentlich erst seit circa drei Jahren wirklich kennen und nur in der Ferienzeit gesehen hatten *(wurde Walter absichtlich von den Geschwistern ferngehalten?)*.
Walter kannte nur den „Bruder" Mimmo *(„die Frucht des Liebesaffäre mit Vittorio")* und konnte auch nicht vergessen, wie Mimmo kurz nach seiner Geburt im Krankenhaus an das Bett gefesselt war, mit vielen Schläuchen für die Infusionen, wegen einer Vergiftung *(angeblich war die Muttermilch von Agnese nicht einwandfrei)*. Es ging und Leben oder Tod.

Ein paar Jahre später wurden Elena und Angelo ins Kinderheim abgeschoben und kamen nur in den Ferien nach Hause.
Kurze Zeit später hatte Agnese durchgesetzt, dass Walter wieder ins Kinderheim abgeschoben wurde, nach Thiene, Provinz von Vicenza, wo Elena und inzwischen auch Mimmo waren. Eigentlich war es ein Institut für Kinder, die geisteskrank, körperbehindert, Contergan-Katastrophe-Kinder und die der Dioxin-Unfall in Seveso in Norditalien. Das Heim wurde von Nonnen geleitet.
Walter spielte aber dieses Mal nicht mit, trat mit sofortiger Wirkung im Hungerstreik und drohte im Fall, dass er nicht wieder nach Hause geschickt wird, würde er innerhalb von zwei Wochen verschwinden.
Siehe da, nach circa zehn Tagen wurde er abgeholt.

Walter lebte in Arese circa zwei Jahre. Erst schien es, als ob in der Familie alles in Ordnung wäre, aber der Schein trügte.

Walter Alpträume und das Schlafwandeln kamen immer öfter. Er fing an, Fragen zu stellen.

Agnese versuchte erst, den Fragen auszuweichen, aber Walter lies nicht locker und fragte immer wieder. Darum lies sich Agnese Märchen einfallen, die sich immer widersprechender und unglaubwürdiger wurden.

Da der Vorname Walter in Italien sehr rar war, wollte er wissen warum er so genannt worden war. Agnese behauptete, dass der Vorname ein Exverlobter aus Padua war.

Walter hatte immer einen starken Verdacht, dass er als Baby durch eine Operation zum einem Jungen gemacht worden war (schließlich müssen die Alptraumen eine Bedeutung haben), darum suchte er nach Beweisen und siehe da, im Schambereich fand er (kaum sichtbar) Narben.

Er versuchte eine Erklärung von Agnese zu bekommen. Erst versuchte sie, ihn zu ignorieren, dann erzählte sie (in einer Art und Ton, den Walter schon von ihr kannte, wenn sie log und versuchte, etwas zu vertuschen), dass er gleich nach der Geburt an einem Leistenbruch operiert worden sei.

Der Verdacht, dass Agnese nicht seine leibliche Mutter war (trotz starker Ähnlichkeit) wurde immer stärker (welche leibliche Mutter versucht ihr eigenes Kind zu verraten, zu verkaufen, zu belügen, zu vergiften, zu ermorden und auszunutzen?).

Walter hatte bereit seit langer Zeit bemerkt, dass Agnese eine chronische Lügnerin war und darum völlig unglaubwürdig. Aber sie trank sehr gern Wein (... und wie ein altmodisches Sprichwort sagt: „Im Wein liegt die Wahrheit"). Das nutzte Walter aus, um die Wahrheit zu erfahren.

Walter bekam, wenn Agnese ein paar Glas Wein getrunken hatte, einige Bestätigungen über seine Vermutungen, unter anderen folgende:
► Er erfuhr, dass die „Person", die ihn geboren hatte, die ganze Schwangerschaftszeit über als Nonne verkleidet in einem Nonnenkloster verbracht hatte, dass sie unbedingt ein Jungen gebären wollte, dass bei der Geburt Missbildungen festgestellt wurden und das „Korrekturen" stattgefunden hatten.
► ... sie eine Cousine hat, die Nonne ist und dass sie auch Agnese heißt.
► ... bis er circa sechs Jahren alt war, in einem Nonnenkloster in der Nähe von Como war. In dieser Zeit gab es dort auch ein Erdbeben.
► ... und viele andere von Agneses Geheimnissen.
Als Agnese wieder nüchtern war, konfrontierte Walter sie mit ihren Aussagen, aber sie hat alles abgestritten und behauptete, dass er ein Lügner sei und einen blühende Phantasie hätte.

Spätestens jetzt war Walter sicher, dass die Alptraumen wahre Erinnerungen sind. Walter machet Agnese klar, dass die Wahrheit kantet, da sie unglaubwürdig ist und da nicht glauben da sie ihrem Mutter ist.

Das „scheinbaren heile" Familienleben des Turiano fing an zu zerbrechen. Agnese ließ bei jeder Gelegenheit Walter spüren, dass sie ihm hasste. Sie versuchte andauernd, ihn zu provozieren, damit er sie schlug, um so einen Grund zu haben, ihn wieder und endgültig in ein Heim abzuschieben. Walter aber ignorierte sie einfach und behandelte sie als wäre sie Luft, aber mit einer gewissen Vorsicht, da er wusste, dass Agnese sein schlimmster Feind war.

(Wer Agnese als Freundin, Ehefrau, Verwandte beziehungsweise als Mutter hat, dann braucht er (sie) keinen Feind!)

In diesen Zeiten fingen bei Walter die ersten Selbstmordgedanken an. Er beschloss, spätestens mit einundzwanzig Jahren einen Abgang von dieser Welt zu machen, aber da die Lage immer unerträglicher wurde, versuchte er es schon früher.

Mit der Zeit stellte Walter fest, dass er auch die Gabe hatte, sich unsichtbar zu machen oder sogar mit seinem „Astralkörper" in andere Welten zu reisen.

Walter nutzte diese Gabe, um aus solchen Situationen zu entfliehen. Er verschwand für Stunden, oft sogar für Tage (ohne das Familiegrundstück zu verlassen). Es wurden sogar Suchaktionen gemacht, aber auch wenn er im Sichtbereich war konnte ihn keiner sehen (oder wollte ihn keiner sehen?). Auch wenn er sich was zu Essen in der Küche besorgte während Agnese das Geschirr abwusch, wurde er nicht gesehen.

Agnese versuchte alles Denkbare, um Walter zu unterwerfen, sogar vor „schwarzer Magie" machte sie nicht halt. Sie unterschlug bei einer Zahnbehandlung einen Zahn von Walter, um ihn für eine schwarze Zeremonie zu verwenden.

Die Götter hatten auch das vorausgesehen und darum Walter mit einem Schutzmantel ausgestattet, der wie ein Schild alle negativen Ausstrahlungen zurück an den Absender reflektierte.

Agnese versuchte Walter einzureden, dass die Kinder ihren Eltern, besonders der Mutter „immer und blind" glauben und vertrauen „müssen", da die Kinder „nur" da wären, um die Eltern besonders im Alter finanziell zu unterstutzen und dass sie ihre Eltern „auf jedem Fall" ehren und respektieren „müssten".
Walter machte sie wiederum klar, Glaube, Vertrauen, Ehre und Respekt müsste man sich erst mal verdienen, und „bevor" man Rechte bekomme, „müsse" man erst Pflichten erfüllen.

Kurze Zeit später geschah Walter merkwürdigerweise ein Unfall, als er von der Küche hinunter in den Keller wollte. Die Leiter rutschte von seinen Füßen weg und er fiel. Im gleichen Moment betrat Domenico der Raum (er war unerwartet nach Haus gekommen).
Agnese reagierte blitzschnell und fing sofort den Arm von Walter, um damit das Schlimmste zu verhindern.

(Hatte Agnese wieder versucht Walter umzubringen, und ihn nur in letzter Sekunde gerettet, weil sie kein Zeugen wollte?
- Da die Leiter so befestigt war, dass eigentlich kein Unfall passieren dürfte.)

Agnese fing an, Walter schlecht zu machen Sie erzählte überall, dass Walter boshaft wäre und andere Lügen. Sogar Onkel Pierino (Pietro) glaubte sie, ohne Walters Versionen zu erfragen (schließlich hat jede Medaille zwei Seiten), und ohrfeigte Walter in zwei unterschiedlichen Fällen.
Agnese versuchte Domenico zu überzeugen, Walter wieder und für immer abzuschieben, aber Domenico weigerte sich und stellte sich auf Walters Seite.

Agnese drehte den Spieß um und machte Domenico das Leben zur Hölle. Sie verweigerte die ehelichen Pflichten. Sie servierte versalzendes Essen. Sie provozierte ihn dauern zum Streiten und so weiter.
Na ja, dem armen Domenico blieb nichts anderes übrig, als Fremdgehen, um seine Sexualbedürfnisse zu befriedigen, wo er auch anständig zum Essen bekam und seinen Ruhe vor Agnese hatte. Aber er hat sie nicht ein einziges Mal geschlagen, auch nicht, als sie ihm die Espressomaschine voll mit kochendem Kaffee hinterher geschmissen hat.
Im wenigen Jahren hatte Agnese erreicht, dass Domenico alles verlor und Konkurs anmelden musste.
Domenico trennte sich von Agnese, da sie ihm unerträglich war.

In einer Zeit, da Walter mit Domenico zusammen wohnte und arbeitete, erzählte Domenico ihm einige „Familien-Geheimnisse", untern anderem folgendes:

▶ Als er ein junger Mann war, als der Krieg zu Ende ging, hatten Mussolinis Eliten vier unterschiedliche Männer verhaftet und gezwungen zwei sargförmige schwere Kisten zu einem bestimmten Versteck zu transportieren und dort zu vergraben. Domenico trugt die vorderste Kiste. Als die hintere Kiste fiel und zerbrach, sagte einer der Männer: „Das ist Edelmetall!" Nach Beendigung der Geheimmission wurden die Männer zum Schein freigelassen, aber als Domenico bewusst wurde, dass nach und nach die anderen drei an geheimvollen „Unfällen" starben, verlies er sofort die Region Latium und das hat wahrscheinlich sein Leben gerettet.

(Walter konntet nicht erkennen, ob diese Geschichte wahr oder unwahr ist, aber komischerweise, kurz danach sprachen alle italienischen Medien über „Mussolinis Schatz", auch der Rechtsanwalt Moschella, ein Cousin von Domenico, der sein Büro in Mailand hatte, war brennend interessiert, das Geheimnis zu erfahren und versuchte darum Walter auszufragen.)

▶ Domenico erzählte über den Verdacht, dass der Opa Luigi, der Vater von Agnese, möglicherweise im Jahr 1958 vergiftet wurde. *(Interessant ist, dass noch zehn Jahre nach seinem Tod seine Leiche bei der Umbettung immer noch fast unversehrt und schimmelgrün war, einem eindeutigen Symptom einen Arsenvergiftung!)* Es gab auch das Gerücht, dass den zweiten Mann von Oma Maria Luigia die Mutter von Agnese, seine erste Ehefrau von Balkon geschmissen hatte und so da zu Tode kam.

▶ Domenico erzählte Walter auch, dass er einen versiegelten Umschlag für ihn bei dem Polizeipräsidium von Mailand hinterlegt habe. In diesem Umschlag stehe die ganze „Wahrheit" über Walters „Herkunft" und er sollte ihm ausgehändigt werden, sobald er volljährig wird.

(Komischenweise, kurzer Zeit danach, hatte Agnese erreicht, dass Domenico in ein Irrenhaus kam und eine Gehirnwäsche bekam. Der Umschlag, den Domenico bei dem Polizeipräsidium hinterlegt hatte, verschwand spurlos.)

Domenico & Agnese

Circa 1965

Die Flucht ergreifen (1967-1969)

Das Familiengericht hatte den Eltern Agnese und Domenico das Sorgerecht entzogen.
Da Elena, Angelo und Mimmo bereits im Kinderheim waren, war das Problem, was sollte mit dem bereits circa 15-16-jährigen Walter geschehen?
Bei dem Sorgenrechtsprozess wurde Walter nach seiner Meinung gefragt.
Er machte unmissverständlich klar, dass er lieber auf den Straßen leben würde, als wieder in ein Heim zu gehen oder mit den „Eltern" zu leben, und schon gar nicht mit Agnese!
Der Jugendrichter wiederum erklärte ihm, dass das nicht möglich wäre, da der italienische Staat die Verantwortung für ihn trägt.
Er versprach Walter, dass er eine Unterbringung in einem Internat in Mailand anordnen wird, wo er am Tag seine völlige Freiheit hat, aber am Abend zurück sein muss. Dort hätte er mindestens eine sichere Unterkunft mit Kost und Logis auf Staatskosten.
Der Richter bat Walter, sich ein paar Monate zu gedulden bis ein Platz frei wird und er sollte solange noch bei Agnese wohnen.

Es wurde eine der längsten und schlimmsten Zeiten in Arese, in der Walter völlig allein und hilflos Agnese ausgeliefert war.
Leider war sein guter Freund und Leibwächter seid kurzem gestorben, ein Schäferhund Namens Bobby, der ihn immer und überall begleite und beschützte, der sogar, als Walter in der Schule war, auf ihn vor dem Schulgebäude gewartet hatte.
Seine Therapeutin Bianca, eine schneeweiße Katze, die ihm seelischen Beistand bei seiner depressiven Phase gab, war seit Monaten spurlos verschwunden.

Den Göttern sei Dank, dass er zu der Zeit einen Job in einer kleinen Reparaturwerkstatt für Edeluhren und Edelschmuck in einer Nebenstrasse der Turin-Straße im Zentrum Mailand hatte. Es gab nicht viel Geld, aber es hat ausgereicht für die Fahrkarten und für die Mittagsmahlzeiten, und er hatte für circa zehn Stunden am Tag Ruhe von Agnese.

Die Zeit verging und es wurde immer mehr unerträglicher. Walter entschied spurlos zu verschwinden, wenn nicht bald Nachricht vom Jugendrichter käme.

Circa fünf Monate waren seit dem Sorgenrechtsprozess vergangen, als eines Sonntags morgens zwei Polizisten mit einem Haftbefehl gegen Walter erschienen. Sie konnten die Verhaftung nicht begründen, da ihnen keine Information vorlag.
Im Jugendgefängnis von Mailand bat Walter um ein Gespräch mit dem Gefängnisdirektor und erklärte ihm den Irrtum.
Der Direktor hatte keine Zweifel an Walters Aufrichtigkeit. Er verlegte ihn in ein Zimmer mit nur einem weiteren Gefangnen, bot ihm eine Vertrauensbeschäftigung in der Küche und versprach, mit dem Richter wegen des Irrtums zu sprechen.

Später erfuhr Walter, dass der nette junge Mann, der die Zimmer am Dachboden des Jugendgefängnisses mit ihm teilte, niemand anderer als der berühmte Edelmann-Einbrecher war, der vor Verlassen der Tatorte die Damen des Hauses sexuell befriedigte. Aus diesem Grund wurden die Einbrüche oft nicht angezeigt.

Er bot Walter an, ihn mitzunehmen, als er die Flucht über das Dach des Gefängnisses plante, aber Walter musste aus zwei Gründen ablehnen, erstens, weil er nicht schwindelfrei war und zweitens, weil er nicht ein Leben lang auf der Flucht sein wollte für Fehler, die er nicht begangen hatte.

Es waren wieder circa sechs Monate vergangen, als Walter gerade gedanklich die Flucht über die Küchen-Lieferantentür plante, als endlich der Richtertermin kam.
Es war derselbe Richter. Walter kam ihm bekannt vor, jedoch wusste er nicht mehr, um was es ging.
Es war Walter, der ihm das Gedächtnis auffrischen musste. Nach Überprüfung von Walters Aussagen entschuldigte sich der Richter und versprach baldige Verlegung in das Internat.
Walter machte ihm klar, dass er keine Geduld mehr hatte und in dem Fall, dass die Angelegenheit nicht in Kürze erledigt würde, er dann endgültig verschwinde und der Richter die volle Verantwortung dafür trage.
Nach circa zwei Wochen wurde Walter in das Internat in Torrazza-Straße 80 (Via Torrazza, 80) im Gallaratesse Stadtviertel von Mailand verlegt.

Das Internat wurde von drei Männern gegründet und geleitet:
► Einer war ein schöner Mann, der für die juristischen Angelegenheiten und für die Verwaltung der Geldwerte der Internatseinwohner zuständig war. Er machte kein Geheimnis daraus, dass er ein Homosexueller mit einer Vorliebe für blutjunge Jungen war.

Eine Morgens früh, als Walter bei seiner Wohnungstür klingelte, weil er etwas Geld benötigte, war er schweißgebadet und mit nur einem Slip bekleidet und ein splitterfasernackter, blutjunger höchstens 15-Jähriger kam gerade heraus aus seinem Schlafzimmer.

▶ Der zweite war ein etwas korpulenter Mann mit einer Gehbehinderung, der für die Internatsverwaltung und auch für den Verkauf von Mensagutscheinen zuständig war.
Walter hatte immer ein eigenartiges Gefühl, wenn er in der Nähe dieses unscheinbaren Mannes war. Er war überzeugt, dass er es mit einem Verbrecher zu tun hatte, aber kam erst nicht dahinter, was los war. Erst als Walter schon mehrere Jahre nicht mehr dort war, erfuhr er die Wahrheit.

▶ Der dritte und älteste Mann war Don Abramo. Er war für die Seelen zuständig.
Er muss ein wahrer Heiliger gewesen, denn es gab nur Gutes über ihn zu hören. Walter hatte seiner ganze „Dea Aphrodite" Geschicklichkeit eingesetzt, um Don Abramo zu verführen, aber es blieb ohne Erfolg.
Eines Abends in einer Bar, gewann Walter einen blauen Keramikkrug, voll mit mexikanischem Tequila. Er trank alles aus und ging zurück ins Internat.
Er ging in das Büro von Don Abramo, schenkte ihm den leeren Krug, zog sich splitterfasernackt aus und tanzte auf dem Schreibtisch.
Don Abramo blieb völlig ruhig und nutzte die Situation nicht aus, gab Walter ein paar Espresso und als er wieder einigermaßen nüchtern war, begleite er ihn in den Schlafbereich.
Am Tag danach war Walter perplex. Trotz des starken Alkoholkonsums hatte er keine Vergiftung erlitten und Don Abramo war der erste Mann, der ihm sexuell widerstehen konnte.

Die Zeit in dem Internat nahm ihren Lauf, Walter bekam wieder seinen Job in der kleinen Reparaturwerkstatt für Edeluhren und Edelschmuck. Am Abend versuchte er, den Realschulabschluss in der Abendschule zu machen.
Eines Abends im Jahr 1968, als er Schulaufgaben machte, während im Fernseher das Festival di Sanremo lief, hörte er eine tiefere Stimme, die ein Lied sang, das eine Frau singen sollte.
Walter schaute in den Fernseher und sah voll überrascht Patty Pravo (* 9.4.1948 in Venedig, Italien; eigentlich Nicoletta Strambelli), eine zwanzigjährige italienische Popsängerin, die voll puppenhafter Erotik (nur die Stimme störte. Sie war eindeutig männlich), „La Banbola" (die Puppe) sang.

Walter erkannte sofort, dass er möglicherweise noch eine Chance hatte, die körperlichen Schäden, die Agnese ihm verursacht hatte, noch einigermaßen reparieren lassen zu können.

An Wochenenden und an Feiertagen ging Walter, meinst zu Fuß, um Geld zu sparen, zu dem Kinderheim in Baggio, einem Quartier in Mailand, um den drei Jahre jüngeren Bruder Angelo zu besuchen, und wenn er ausreichend Geld für die Reise zu dem Kinderheim in Thiene, Provinz von Vicenza, hatte, dann besuchte seine Schwester Elena und den jüngsten Bruder Mimmo.
Einmal im August gönnte er sich eine Reise nach Santa Teresa di Riva, Provinz von Messina, um die Verwandtschaft väterlicherseits zu besuchen.
Er wurde herzlich empfangen, aber es kam bald zu Problemen. Walter verdrehte mit seinem femininen Verhalten die Köpfe der Dorfmänner, die Frauen sahen ihn als Bedrohung.
Die Tanten verboten ihm, das Haus zu verlassen, aber er ließ sich das nicht gefallen.
Der Bürgermeister wurde von seiner eigenen Frau unter Druck gesetzt, so dass er gezwungen war, Walter Dorfverbot zu erteilen, weil er angeblich zu skandalös war.
Walter konnte nicht verstehen, warum so ein Theater gemacht wurde, schließlich hatte sich in Mailand kein Mensch beschwert über seine feminine Art. Das Gegenteil war der Fall.

Eigentlich ging es bei Walter bergauf. Er bekam die Hoffnung, bald die Möglichkeit zu haben, sich zur Frau zurück operieren zu lassen und somit seine Persönlichkeitsentfaltung ihren freien Lauf zu lassen.
Die Hoffnung verblasste, als er durch Zufall bemerkte, dass Agnese hinter seinem Rücken bei Don Abramo ihre falsche Mitleidstour abspielte.
Walter machte unmissverständlich klar, dass durch Gerichtsbeschluss Agnese keinerlei Rechte an ihm hatte. Darum musste sie ihn in Rühe lassen und durfte sich nicht im sein Leben einmischen, da sie unerwünscht war.
Seit dem Tag ging alles wieder bergab.

Eines Tages kam die Tante Carmelina (Carmela), die jüngste Schwester von Domenico, aus Sizilien und bat Walter ihr beim Arbeitsuchen behilflich zu sein.
Walter war zu naiv und nahm sich einige Tagen frei.
Mehrere Wochen später verlor Walter seine Arbeitstelle. Als Begründung gab der Arbeitgeber an, dass Agnese dauernd angerufen hätte und

wenn Walter nicht anwesend war, auch in der Firma erschien, um Mitleid zu erregen.

Domenico, der seit Monaten aus dem Irrenhaus entlassen war, besuchte Walter und stellte seine deutsche Freundin Hildegard Haetzel vor. Domenico machte Walter das Angebot, wenn er einverstanden wäre, dass er das Sorgenrecht für ihn beantragen und für ihn sorgen werde. Walter nahm mit Freuden an, aber nur, um nichts mehr mit Agnese zu tun zu haben.
Eine Woche später hatte Domenico, im Beisein und mit Zustimmung von Walter, in Anwesenheit der Sozialhelferin im dem Jugendamt die Sorgenrechtpapiere unterschrieben.
Kurze Zeit danach hatte Agnese veranlasst, dass Domenico wieder im Irrenhaus landete.

War die Sozialbeamtin die Verrätin, die Agnese über den Sorgerechtsantrag informiert hatte?

Hildegard, die kaum italienisch sprach und keine Hilfe vom Deutschen Konsulat zu erwarten hatte, bat Walter um Hilfe beim Verkauf ihres teuren Schmucks.
Walter hatte ihnen dann geraten, den ganzen schönen und teuren Schmuck nicht zu verkaufen, sondern nur eine unbedeutende kleine Goldketten. Diese hatte für die Rückreise nach Berlin völlig ausgereicht, und somit den Verlust in Grenzen gehalten.
Durch diesen Rat wurden Hildegard und Walter gute Freunde. Hildegard ging zurück nach Berlin, und als Walter bemerkte, dass Agnese immer noch ihm nachspioniert, verlässt er endgültig das Internat und lebte von da an in der Confalonieri-Strasse gegenüber dem Finanzamtministerium von Mailand. Es war ein kleines Zimmer mit undichtem Dach, wo Domenico vorletzte gewohnt hatte.

Im gleichen Jahr, im Herbst-Winter 1968 starb die Großmutter väterlicherseits, Domenico bekam Freigang, um an der Beerdigung seiner Mutter in Sizilien teilzunehmen.
Gleich nach der Beisetzung wanderte Domenico nach Berlin aus zu Hildegard und konnte somit Agnese endgültig entfliehen.

Im Winter 1968-1969 ging es Walter sehr schlecht. Das kleine Zimmer war eiskalt, Geld für Essen war nicht vorhanden und schon gar nicht für den Brennstoff.
Drei verschiedene sehr arme und alte Nachbarn, eine Frau die Plattfußen als Behinderung hatte, eine Lehrerin, die schon lange pensioniert war und ein Mann, der sich mit einem Job als

Autoparkwächter über Wasser hielt, brachten Walter, obwohl sie selber nichts hatten, immer wieder ein Süppchen und wenn sie wussten, wo es ein paar Kröten zu verdienen gab, dann sagten sie ihm sofort Bescheid. Ohne die drei großherzigen Nachbarn hätte Walter den Winter bestimmt nicht überlebt.

Der Frühling kam, als die Behörden Wind davon bekamen, dass das Gebäude in der Confalonieri-Strasse einsturzgefährdet war, wurden die Bewohner in das Nebenhaus notevakuiert.
Walter kam in einen Raum mit anderen Jungen, wo es nur Notbetten gab. Am selben Nachmittag tauchte plötzlich und unerwünscht Agnese auf. Sie nutzte Walters Naivität und Gutherzigkeit aus und behaupte, dass sie keinen Platz für die Nacht zum Schlafen hätte.
Walter konnte ihr Gejammer nicht mehr hören. Darum sagte er zu ihr, dass sie nur eine einzige Nacht in dem Zimmer schlafen könne, wo er selbst bis den Tag davor geschlafen hatte, aber sie müsse ruhig sein und dürfe den Raum bis den Tag danach nicht verlassen, da ein Verbot für die Nacht verhängt wurde.
Am Tag danach bereute das Walter. Agnese hatte seine Gutgläubigkeit ausgenutzt, alles durchsucht und einige Sachen verschwinden lassen.
Als Walter sie zur Rede stellte, leugnete sie und hatte noch die Unverschämtheit zu versuchen, ihn zu erpressen mit dem Argument, dass er sie dort schliefen lies, obwohl es verboten war, falls er den Behörden gegenüber nicht behaupte, dass Agnese dort bereits seit einiger Zeit zusammen mit ihm gewohnt hatte.
Walter schmiss sie sofort raus, und sagte dass sie schäme sollte und dass sie ihm ruhig anzeigen konnte. Sie werde schon merken, wer den Kürzeren ziehen wird.

Wer hatte Agnese informiert über die Notevakuierung, und wollte sie mit dem Erpressungsversuch zu einer Wohnung gelangen, weil sie bereit seit langem in einer Pension wohnte?

Einige Wochen später erschien ein Herr Vito Ratano, ein Ingenieur von Alfa Romeo in Mailand. Walter hatte ihn schon mal gesehen, als der Grundbesitz der Turianos wegen Konkurs versteigert wurde.
Er konnte das Anwesen nicht im Besitz nehmen, wenn es der Vorbesitzer Domenico nicht vorher geräumt hatte, und eine Räumungsklage hätte Jahre gedauert.
Walter erklärte sich bereit mit Domenico schriftlich zu vermitteln, aber konnte keine Erfolgsgarantie geben.

Walter war etwas verwirrt, als wenige Tage später Herr Ratano wieder da war, aber Vito ihm freundlich erklärte, da er mit seiner Frau über seine Situation gesprochen hätte, und wenn er einverstanden war, dann wolle er ihm helfen, eine andere Wohnung und eine Arbeit zu suchen. Walter nahm die Hilfsangebote an.

Da Walter noch minderjährig war, erwies sich die Hilfenbereitschaft als etwas kompliziert, aber es konnten Zwischenlösungen gefunden werden.

Am neunten Juli konnte Walter im Metall– und Maschinenbau-Unternehmen LA. ME. PRE. s.r.l., das später in Negrotto-Straße 43 umgezogen war, als Lehrling anfangen, und es wurde für ihn ein kleines Zimmer in der Gian-Battista-Grassi-Straße im Quartier Roserio, nicht weit von der Arbeitsstelle gefunden.

Zwischenzeitlich hatte Domenico der Räumung, der ehemalige Grundbesitz, zugestimmt. Leider brachte der Verkauf der Fabrikmaschinen nicht viel, die man nur als Schrott verkaufen konnte, aber so konnten die Ratano ihr Eigentum in Besitz nehmen.

Walter sah die Ratano als seine Familie an, da er in Wahrheit nur eine auf Papier gehabt hatte.
Die Ratano berichtete Walter, dass sie eine Familie mit kleinen Kindern kannte, die gern die Schwester Elena adoptierte hätte, die sich um die Kinder kümmern sollte, aber nur wenn Walter einverstanden wäre.
Walter wiederum sagte, obwohl er nichts dagegen hatte und auch der Älteste der Geschwister war. Er hatte aber nicht vor ihr zu diktieren was sie zu machen hätte. Darum sollte das Angebot direkt an Elena gemacht werden, da nur was sie wollte zählt.
Elena nahm das Angebot an und kam nach Mailand zu der neuen Adoptionsfamilie, die ein paar Minuten entfernt von Walter Zimmers war. Später wollte die Ratano auch helfen, dass auch der Bruder Mimmo nach Mailand kommen konnte, vielleicht sogar dem im Kinderheim in Baggio, wo der Bruder Angelo war.

Eigentlich konnte man denken, dass es ab dieser Zeit für Walter wieder bergauf ging.
Bei der Arbeit gab es keine Probleme und es wurde akzeptiert, wie er war, auch in seiner sonstigen Umgebung waren die Leute freundlich zu ihm.
Er ging mindesten einmal pro Woche Angelo besuchen, und Elena konnte er sogar fast jeden Tag sehen, aber wo die Sonne scheint gibt es auch viel Schatten.

Agnese hatte Elenas neue Adresse über eine Spionin im Jugendamt erfahren.

Sie zwang Elena zur Herausgabe von Walters Adresse und fing wieder an ihn zu terrorisieren.
Walter versuchte Agneses kaltblütigem Terrorismus aus den Weg zu gehen, aber sie lies nicht locker und lauerte ihm dauernd auf.

Zu Selbstmord und Auswandern getrieben
(1969-1970)

Der Herbst 1969, obwohl kalt und so neblig, dass man den Nebel mit einem Messer schneiden könnte, wurde als der heiße Herbst von Mailand bekannt, weil es dauern Generalstreik gab und die Leute sehr viel demonstriert haben.
Walter hätte bestimmt auch diese schlechte Zeit überlebt, wenn Agnese ihn in Ruhe gelassen hätte.
Er verfiel wieder in akute Depressionen.

Am Montag, den zehnten November, weil er keinen Ausweg mehr sah und um endgültig vom Agnese in Ruhe gelassen zu werden, beschloss er Suizid zu begeben. Er kochte eine Suppe mit einem Liter starken Bleichmittel und zwang sich alles zu essen.

Die Götter waren aber noch nicht bereit Dea Aphrodite zurück in Olymp zu rufen.

Es war eine qualvolle Nacht, aber Walter hatte es überlebt. Er blieb noch einen Tag im Bett, da er nicht in der Lage war aufzustehen.
Am Mittwoch beschloss er auszuwandern, um so Agnese zu entfliehen, nahm seine letzte Kraft zusammen und holte sich Erkundigung über Preis, Zeit und ob sein Personalausweis für West-Berlin Germany gültig war.
Am Donnerstag kündigte er seinen Arbeitsplatz bei LA. ME. PRE.
Als Begründung er gab an, dass ein Cousin aus Rom ihm angeboten hatte, bei ihm zu wohnen und zu arbeiten.
Mit dieser Notlüge wollte Walter die Auswanderung geheim halten.

Der Lohn für die letzten zehn Arbeitstage hätte ausgereicht für die Fahrkarte nach West-Berlin, notfalls auch für die Rückreise.
Am Freitag, den vierzehnten verschwand Walter ohne sich zu verabschieden spurlos aus Mailand.

Die Bahnfahrt verbrachte er in einem Nichtraucher-Zugabteil allein mit einem netten, hübschen und hilfsbereiten jungen Italiener, der ein paar Jahren älter war als er.
Nach kurzer Zeit näherten sich die beiden an, und so konnte Walter für ein paar Stunden vergessen, dass er noch vier Tage zuvor auf der Schwelle des Todes lag.

Kurz vor der Grenze der DDR (Deutsche Demokratische Republik) stieg der Junge aus.

Die DDR-Grenzbeamten nutzten aus, dass Walter kein einziges Wort Deutsch sprach aus und plünderten sein letztes Geld. Damit hatten sie Walter eine wichtige Entscheidung abgenommen.
Walter wusste, dass das jetzt eine Reise ohne Rückkehr war und er in West-Berlin bleiben musste, ob er wollte oder nicht.

Am Samstag, den fünfzehnten November gegen achtzehn Uhr kam Walter am Bahnhof West Berlin-Zoologischer Garten an. Er wollte Domenico und Hildegard besuchen, da er wusste, dass sie jeden Samstagabend bei den Eltern von Hildegard waren.
Er ging zum Taxistand und zeigte dem Taxifahrer einen Zettel mit der Adresse von Hildegards Eltern im Bezirk Wedding, nahe der Müllerstraße.

Dort zeigte Walter dem alten Mann, der die Tür öffnete, eine Fotografie, auf der Domenico mit Hildegard zu sehen war.
Hildegard wurde gerufen. Sie empfing ihn mit großer Freude und zahlte den Taxifahrer. Als Domenico Walter sah, bekam er beinahe einen Herzinfarkt und war für mehrere Stunden nicht in der Lage zu sprechen.

Walter bat Domenico, ihm bei der Arbeits- und Wohnungssuche behilflich zu sein und erklärte sich bereit, sobald wie möglich das vorgestreckte Geld zurückzuzahlen.
Domenico war erst nicht bereit, aber dann hat er seine Meinung geändert und stimmte zu, behilflich zu sein.
Die erste Nacht schlief Walter in der beheizten Gartenlaube, aber als am Tag danach bekannt wurde, dass das im Winter verboten war, wurde er wieder im Haus einquartiert.

Domenico hatte sein Wort gehalten, und auch mit Hildegards Hilfe wurde die Aufenthalts– und Arbeitsgenehmigung besorgt.
Es wurde ein Zimmer im Bezirk Zehlendorf, als Untermieter bei einer alten, pensionierten Schauspielerin gefunden, und am achtundzwanzigsten November konnte er anfangen zu arbeiten, bei der Firma Stempel-Freiberg in die Bundesallee 214, wo auch Domenico arbeitete.
Bereits nach dem ersten Monatslohn konnte Walter seine Schulden bei Domenico zurückzahlen.

Die Hippiezeiten (1970-1976)

Die 70er Jahren, die sogenannten Hippiezeiten, waren für Walter fast wie ein Segen.
Er konnte seine wahre feminine Seite beinahe völlig ausleben ohne aufzufallen. Er ließ sich die Haare wachsen, trug sehr enge Hosen, extravagante Blusen, Schuhe mit hohem Absatz, Pelze aus Kaninchenfell und so weiter.
Die Leute glaubten, dass er ein Hippie war, nur seine Freunde und die Personen, die ihn lange kannten, wussten beziehungsweise vermuteten die Wahrheit.

Mit Domenico machte er bereits nach einigen Monaten reinen Tisch.
Bei einem so genannten „Gespräch zwischen Vater und Sohn" machte er ihm klar, dass er nur Männer liebte.
Domenico war verwirrt. Es schien, dass er sich an was sich erinnern würde, aber nicht erinnern konnte. Er war nicht in der Lage, etwas zu sagen.
Seit diesem Gespräch sahen sich die beiden immer seltener und die Beziehung war ziemlich gespannt. Darum hatte Walter die Beschäftigung bei der Firma Stempel-Freiberg nach circa drei Monaten aufgeben müssen. Kurz danach fing Domenico bei der AEG Berlin-Wedding als Elektriker an zu arbeiten.

Die Gehirnwäsche, die Domenico im Irrenhaus bekam, war gründlich gewesen, er hatte das meiste vergessen und musste vieles neu erlernen.
Beispielweise hatte er Anfang der Siebzigerjahre, als er bei der AEG arbeitete, Walter Planzeichnungen über einen elektrischen Zug, der nur auf einer Schiene fahren konnte, gezeigt.
Domenico war fest überzeugt, dass er ihn von kurzem erfunden hätte, aber Walter konnte sich genau erinnern, dass ihm bereits viele Jahre zuvor von ihm ähnliches gezeigt worden war, in der Zeit in Arese, wo er zusammen mit ihm gewohnt und gearbeitet hatte.

Das kleine Zimmer in Berlin-Zehlendorf konnte man nur mit einem Gaskocher heizen, darum war es sehr feucht.
Die alte Schauspielerin wohnte mit ihrem mindestens fünfzig Jahre jüngeren Neffen zusammen, und wahrscheinlich haben sie fast jede Nacht miteinander Sex gehabt hatte, da unwahrscheinlich war, dass die beiden dauern Sprünge auf dem Bett gemacht haben. Da Walters Zimmer daneben lag, konnte er oft nicht schlafen.

Die alte Dame beschuldigte Walter des Diebstahls eines falschen Diamantrings, der wie er verschwunden war auch wieder gefunden worden war.

Im Januar oder Februar des Jahres 1970 zieht Walter in ein Arbeiterwohnheim um, das früher ein Kloster war, in die Schönstedtstraße Berlin-Wedding, gegenüber dem Amtsgericht. Dort wohnte er für circa ein halbes Jahr.

Im März fand er eine Arbeitstelle für circa sechs Wochen bei einer DEA-Tankstelle in Berlin-Wilmersdorf, als Autowäscher.

Ende April fand durch Giovanni, ein italienischer Freund, Arbeit bei der Textilienfirma Fritz Marggraff in Berlin-Charlottenburg. Dort bediente er die Strickermaschine und war dort beschäftig bis April 1971.

Walter ärgerte sich jedes Mal, als er Lohn bekam, dass ihm unter einem versteckten Posten immer ein bestimmter prozentualer Anteil für Kirchensteuer abgezogen wurde.
Er war der Meinung, dass eine solche Steuer nur auf freiwilliger Basis sein sollte. Da er noch minderjährig war, bat er Domenico um eine Unterschrift für den Austritt aus der Kirche.
Domenico war erst dagegen, aber als ihm klar wurde, dass er so Steuern sparen konnte, unterschrieb er mit Freuden und ein paar Tage später trat auch er aus der Kirche aus.
Der Richter fragte Walter nach dem Grund des Austritts, als er die Antwort bekam: „Bei meiner Geburt wurde ich nicht gefragt, ob ich einverstanden war oder nicht!"

In der zweiten Hälfte des Jahres 1970, bekam er durch Domenico eine Zimmerwohnung mit Küche und Kachelofen, aber WC außerhalb der Wohnung. Es war in einem Abrisshaus in der Ramlerstraße 15 in Berlin-Wedding.

Walter war noch nicht achtzehn, als er aus Italien ausgewandert war, darum konnte er mit entsprechendem Antrag aus dem Militärdienst sich befreien lassen.
Er galt offiziell als Zivildienstleistender im Außendienst im Ausland, sozusagen als Vertreter Italiens. Aber als solcher durfte er nur für circa drei Monate pro Jahr in Italien gehen und musste das jedes Mal vorher beantragen, bis er dreißig Jahre alt war und sich jedes Mal, in Italien angekommen, bei der Polizei melden, da er in dem Fall, dass er außerhalb der beantragten Zeit erwischt worden wäre oder ohne Polizeianmeldung, er dann den Militärdienst nachmachen müsste.

Walter bekam die Manuskripte für die Hauptrolle in dem Film über „Jesus Christus" und für den Film „Im Namens des Gesetzes", als er sich schriftlich mit Bewerbungsfotos bei den Filmemachern in der Filmstadt „Cinecittà" bei Rom beworben hatte.
Er sollte für mehr als sechs Monate zu den Filmproben nach Rom gehen. Er musste leider verzichte, sonst hätte der italienische Staat neunundneunzig Prozent der Schauspielergage kassiert, auf Grund des Militärdienstes.

Im Frühling des Jahres 1971 wollte Giovanni heiraten. Darum fragte er Walter, ob er sein Trauzeuge in Italien sein wollte. Walter nahm mit Freude an.
Im April lässt sich Walter fahren, zum ersten mal nach der Flucht und gegen die Willen von Agnese, mit Giovannis Sportwagen in die Toskana. Leider konnte Walter als Trauzeuge nicht fungieren, da er noch minderjährig war. Aber es konnte Ersatz gefunden werden.
Nach einigen Tagen fährt er mit dem Zug erst nach Thiene, um Mimmo zu besuchen, dann nach Mailand, wo er zuerst in einer Pension wohnte. Nach einigen Tage war er Gast bei einem jungen Mann, der ihn im Kino in der Turin-Straße (Via Torino) kennen gelernt hatte. Dort blieb er, bis er wieder nach Berlin zurückging.

Bei einem Zusammentreffen mit Elena und Angelo bei Tante Silvana, war auch Agnese anwesend.
Agnese war ohne Zahnprothese erschienen, um bei Walter Mitleid zu erregen. Sie behauptete, dass sie bei ihrer Arbeitstelle als Haushaltshilfe arbeiten musste wie ein Tier und nicht genug zu essen bekam.
Walter kannte diesen Trick schon. Darum sagte er kalt zu ihr, dass sie ihre Prothese in den Mund stecken sollte. Dann wird man sehen, dass sie nicht an Unterernährung leidet.
Agnese fing an, da sie nichts erreichen konnte, Walter wieder zu terrorisieren, so dass er gezwungen war, Italien schnell wieder zu verlassen.

Wieder in Berlin, stellte er fest, dass er gekündigt worden war. Er musste sich mit Arbeitslosengeld oder mit kleinen Jobs über Wasser halten, war oft krank und wurde immer kränker, fast jede Nacht kamen immer wieder die alten Alpträume, die bereits seit seiner Geburt und die ersten acht Jahre sein Leben verfolgten.
Er versuchte immer wieder aus diesem Leben zu scheiden, aber leider ohne Erfolg.

Mitte Juni arbeitete er für circa drei Wochen bei Gerritvan Delden & Co in Berlin-Zehlendorf, und vom Ende August bis Mitte November bei B. Th. Vomachten in Berlin-Spandau, beide im der Textilindustrie.

Im November 1971, auf dem Weg zu Arbeitsamt, wurde er durch einen rasanten Taxifahrer erfasst und mehrere Meter weit geschleudert. Er fiel mit dem Kopf auf den Gehsteig. Wegen der Gehirnerschütterung war er über sechs Monate krank geschrieben.
Erst Ende Mai 1972 konnte er wieder arbeiten. Er fand eine Stelle bei Rudolf Pienn, ein Geschäft für Teppich und Gardinen in Berlin- Wedding. Dort war er beschäftigt bis Ende Februar 1973.

Im Jahr 1973, mit dem Ölboykott, kam auch die Wirtschaftskrise, und damit die Kurzarbeit und Arbeitslosigkeit. Auch Walter bekam das zu spüren und war bis Ende Juli ohne Arbeit. Dann fand er Arbeit bis Mitte September 1976 bei der Textilfirma Heinrich Kunert in Berlin- Marienfeld.

Es musste ein Abend in dieser Zeit gewesen sein, als Walter in der Italienischen Mission in Berlin-Wilmersdorf in der Nähe der U-Bahn Uhlandstraße, einen kleinen und hässlichen, aber sehr sympathischen Mann kennen gelernt hatte, der sich als Allan Stewart Konigsberg vorstellte.
Er muss etwas jünger als vierzig Jahre alt gewesen sein und behauptete, Woody Allen zu sein.
Allan erzählte Walter Teile seiner Geschichte, zum Beispiel über seine Partnerin Mia Farrow und den Streit wegen der Zwillinge. Er zeigte sogar einige Zeitungen, aber Walter konnte damals mit dem Namen „Woody Allen" nichts anfangen, da er bis zu diesem Zeitpunkt von ihm noch nichts gehört hatte.
Na ja, wie auch immer, trotzdem dass Allan nicht Walters Typ war, hatte Allan es jedes Mal geschafft mit ihm Sex zu haben. Wie aufgetaucht verschwand Allan eines Tages wieder aus Berlin.
Erst Jahre später sah Walter einige Filme von Woody Allen und erkannte ihn wieder.

Vielleicht erst nach der Veröffentlichung dieses Buches, wird man erfahren ob Allan, der damals Walter kennen gelernt hatte, tatsächlich Woody Allen war oder nur ein Doppelgänger, und vielleicht diese Geschichte von Woody Allen verfilmt wird.

In die Ferien nach Italien ging Walter, obwohl er eine sehr gute Beziehung mit den Geschwistern hatte, sehr selten und wenn doch versuchte er Agnese aus dem Weg zu gehen, da es sonst immer Streit gab und er immer im Depressionen verfiel, mit der Folge, dass er versuchte sich das Leben zu nehmen.

Angelo wusste schon seit Jahren über Walters Problematik bescheid und auch über Agneses Bosheit.

Einmal erzählte er, dass er von einer Gräfin von Mailand eine komplette Einrichtung von antiken Möbeln geschenkt bekam, aber das Geschenk ablehnen musste, weil Agnese die Herrschaft an sich reißen wollte.

Obwohl Walters Prinzip war, „privat und geschäftlich bzw. beruflich getrennt zu halten", ließ er sich im Jahr 1975 oder 1976 auf die sexuellen Annäherungsversuche von einem Vorgesetzten in der Firma Heinrich Kunert ein.

Der war ein blonder und sehr schlanker junger Mann aus Bayern. Da das Arbeitsklima deswegen darunter gelitten hatte, verlor Walter seine Arbeitstelle.

Am einundzwanzigsten September 1976 fand er eine neue Arbeit bei der Textilfirma Wollmanufaktur Lorenit in Berlin-Spandau, als Rohschauer. Dort arbeitete er bis Juli 1979.

Trotz Futurvision unfähig zu verändern (1976-1978)

Oktober 1976 war es soweit. Das Haus in der Ramlerstraße 15 in Berlin-Wedding sollte bald niedergerissen werden. Walter fand schnell eine Einzimmerwohnung in dem Hochhaus im Kerze Weg 1 in Berlin-Spandau, nicht weit von der Arbeitstelle. Dort konnte er zum erstem November 1976 einziehen.

Walter bemerkte bald, dass in der neuen Wohnung etwas nicht stimmte. Seine Depressionen wurden immer schlimmer und damit auch die Selbstmordversuche.
Er bekam eine neue Art von Visionen, die ihn stark verwirrte, zum Beispiel:

▶ *Eines Morgens wachte er auf und merkte, dass etwas nicht stimmt. Die Wände und der Fußboden der Wohnung lagen schief. Er schaute aus dem Fenster und sah, dass das Hochhaus schief lag und ein großer Kran versuchte, es zu stützen, um es wieder gerade zu stellen.*

▶ *Eines Tages beim Aufwachen merkte er, dass die Wände schwarz von Ruß waren. Es stank, als hätte ein Brand stattgefunden, und die Fensteröffnung war mit Brettern zugenagelt.*

Walter konnte nicht erkennen, ob diese Visionen schon vergangen waren oder noch kommen werden. Darum fragte er Lieselotte, eine ältere Nachbarin, die bereits seit kurz nach dem Hausbau dort wohnte, um Rat.
Lieselotte bestätigte, dass durch einen Ingenieurfehler das Haus kurz vorm Umstürzen war. Es wurde evakuiert und mit einem Kran wieder aufgerichtet.
Lieselotte bestätigte auch, dass in der Zeit, wo eine Vormieterin in der Wohnung von Walter wohnte, sie angeblich eine Puffmutter war, die ihre Mädchen Männern für Liebedienste anbot, bis ein Brand auf mysteriöse Weise geschah.

Die Wohnung von Walter lag in der sechsten Etage und die Wohnungsnummer war sechsundsechzig (es sind drei sechs, also 666). War das der Grund für die starke mystische Atmosphäre in dieser Wohnung?

Walter bemerkte jedes Mal, wenn er überraschend zu Besuch bei Domenico war, der seit einiger Zeit mit der neusten Freundin Marianne Margarete Hohenstein, geborene Noth, in Berlin-Moabit wohnte, dass mit dem Essen, dass schon vorbereitet war, etwas nicht stimmen konnte. Das Essen hätte bestimmt auch für eine dritte Person ausgereicht, aber Marianne bestand jedes Mals darauf, für Walter extra zu kochen. Nur wenn er angemeldet zum Essen war, dann aßen alle dasselbe. Walters Verdacht, dass Domenico durch Marianne langsam vergiftet wurde, verstärkte sich, aber er konnte es nicht beweisen.

Anfang August 1977. Domenico, der seit bereits über ein Jahr sehr krank war und da die Ärzte nicht finden konnten warum, bat Walter um ein Treffen an einem neutralen Ort, da das Gespräch nur unter vier Augen stattfinden musste. Sie trafen sich im Park Humboldthain in Berlin-Wedding in der Nähe der AEG. Domenico erzählte, dass er den Verdacht hätte, seit einiger Zeit langsam von Marianne vergiftet zu werden. Er erzählte auch, dass er demnächst seinen Urlaub in Taormina (Messina) verbringen wollte, und sobald er zurück in Berlin war, er unbedingt mit ihm spreche musste, da er sich wieder erinnert hatte, was er erfahren hatte über Walters Geburt und die erste acht Jahre danach. Domenico bestätigte, dass dieses Gespräch sehr wichtig für Walter sei. Er würde erfahren, wer er wirklich ist und eine neue Ära würde für ihn anfangen. Domenico versprach auch Walter, ihn in seinem neuen Lebensabschnitt moralisch zu unterstützen.

In der Nacht vom Dienstag zum Mittwoch dem siebzehn August, bekam Walter wieder eine neuartige Vision.

Walter sah in der Vision Domenico, der versuchte ihn durch Gift zu ermorden, und sah wie Walter qualvoll daran starb.

Als Walter aufwachte, war er schweißgebadet und total verwirrt, aber er fühlte sich geheimnisvoll frei, und wusste, dass ab sofort sein Schicksal eine Wende genommen hatte. Am gleichen Abend, hatte er sich geschminkt und trug ein langes Abendkleid mit einem Schlitz, der sein rechtes Bein zu Schau stellte. Er bestellte sich ein Taxi, um feiern zu gehen. Der Taxifahrer war nicht in der Lage geradeaus zu fahren. Ein so schönes Fräulein mit so schönen langen Beinen hatte er noch nicht gesehen. Um Haaresbreite konnte er noch einen Frontalunfall mit einem Lastwagen verhindern.

Walter war zwar seit einigen Jahren bekannt in der „Szene" als Bekannte und Garderobiere von Wolfgang Klein, einem über siebzigjährigen ehemaligen Tänzer, der als Travestie-Künstler „Dolly" auftrat, aber an diesem Abend war es das erste Mal, dass Walter als Vollweib in der Öffentlichkeit auf der Bühne des Lebens auftrat, und fast alle Männer hatten den Kopf verloren wegen diesem Vamp.

Einige Tage später bekam Walter telefonisch die Nachricht durch Angelo, dass Domenico wegen einer Vergiftung durch ein verfallenes Vanilleeis am siebzehn August gestorben war.

War Domenicos Vergiftung ein zufälliger, tragischer Unfall, oder ein kaltblutiger Mord? Schließlich wusste Domenico genau, dass er krank war und so was nicht essen durfte.

Walters Doppelleben war nicht mehr ein Geheimnis. Er ging zur Arbeit als Walter, aber sobald Feierabend war, war sie Dea Aphrodite.

Eines Abends lud sie einen Freund Wolfgang Brands ein. Dea hatte ihm empfangen als Vamp.
Wolfgang war völlig sprachlos. Er war überzeugt, von Liza Minnelli empfangen worden zu sein.

Dea verbrachte den Silvesterabend 1977 und die Neujahrsnacht 1978, als zahlender Gast in einem Lokal, wo Travestie-Künstler auftraten.
Es lag in der Nähe vom Kurfürstendamm in Berlin-Wilmersdorf.
Dea trug nur eine Bluse aus silbernem Faden als Minikleid, silberne Damenschuhe mit hohen Absätzen, eine schwarze Jacke als Pelzimitation und eine silberne Handtasche.
Der Schnee war circa fünfundzwanzig Zentimeter hoch und die Temperatur lag circa zehn Grad unter Null. Trotzdem war sie mit dem Bus und der U-Bahn gefahren.
Dea gewann an diesem Abend den ersten Preis, einen versilberten Pokal. Bei dem Wettbewerb hatte sie den Tanz von John Travolta imitiert.
Nicht nur die Männer, sondern auch die Frauen hatten Dea Aphrodite andauernd applaudiert.

Anfang des Jahres 1978, nach einiger schriftlicher und telefonischer Korrespondenz zwischen Walter und dem Bruder Angelo, beschließen beide, dass sie sich Ende Februar in Mailand treffen.
Sie wollten zusammenziehen, sobald Walters Zivildienst im Außendienst im Ausland in circa vier Jahren beendet war.

Selbstverständlich stand es dem bereits über achtzehnjährigen Bruder Mimmo frei zu entscheiden, ob er zusammen wohnen wollte oder nicht. Die Schwester Elena hatte bereits einen Versorger, aber sie hatte immer einen Zufluchtsort für sich und ihre Kinder bei den Geschwistern finden können.
Sie war mit dem zehn Jahre älteren Giovanni Dossola verheiratet. Die beiden hatten einen circa sechs Monate alten Sohn Roberto und der zukünftige Sohn Andrea war unterwegs.

Der Koffer für die Reise nach Mailand war bereits auch mit einem Abendkleid und sonstigen Accessoires gepackt. Walter wollte Angelo bei seiner Geburtstagsparty als Frau überraschen.
Der Urlaub war bereits beantragt und genehmigt, als in der Firma mehrere Arbeiter gleichzeitig krank wurden.
Er wurde von dem Arbeitgeber vor die Wahl gestellt, die Ferien um zehn Tage zu verschieben oder gekündigt zu werden. Walter blieb nichts anderes übrig, als die Reise zu verschieben.

In der Nacht vom Donnerstag zum Freitag, dem dritten März, wurde Walter von einer erschreckenden Vision heimgesucht.

Er sah in der Vision, Angelo fahre ein Fiat Mini in den Mailändischen Straßen und der Beifahrer war Walter.
Angelo wollte verhindern, dass Walter zurück nach Berlin ging.
Darum provozierte er einen Unfall.
Bei diesem Unfall sollte Walter sich so verletzen, dass er lebenslang im Rollstuhl sitzen müsse, um so auf die Hilfe von Angelo angewiesen zu sein, aber Walter starb bei diesem Unfall.

Samstagsabend bekam Walter von Elena ein Telegramm mit der unangenehmen Nachricht, dass Angelo am drittem März des Jahres 1978 an einem tödlichen Motorradunfall starb, genau dreizehn Tagen vor seinem dreiundzwanzigsten Geburtstag.

Walter wäre am liebsten sofort abgereist, aber er benötigte eine Urlaubsaufenthaltsgenehmigung für Italien, wegen der Militärdienstsangelegenheit und das italienische Konsulat war bis Montag geschlossen.
Reisen ohne Genehmigung war für Walter zu riskant. Er müsste den Militärdienst nachmache in dem Fall, dass er erwischt würde und das hätte alle Zukunftspläne zunichte gemacht.
Am Montag konnte er alles für die Reise erledigen und sagte auch in der Firma Bescheid, dass er wegen eines Todesfalls nach Italien müsse.

In Mailand angekommen, wusste er nicht wohin er gehen sollte, da keiner der Verwandtschaft telefonisch zu erreichen war.
Walter blieb nicht anderes übrig, als zu dem Internat in Torrazza- Straße 80 (Via Torrazza, 80) zu gehen, in das Gallaratese Stadtviertel, wo seit einigen Jahren Mimmo gemeldet war.
Walter glaubte seinen Augen nicht. Dass das Internat den Staat betrügt, war ihm seit Jahren bekannt.
Damals, als er den Reisepass beantragt hatte, erfuhr er, dass das Internat noch Geld für Kost und Logis kassierte, obwohl Walter schon seit Jahren in Berlin wohnte.
Walter sah einen der Internatgründer, der etwas korpulenten Mann mit einer Gehbehinderung, der die Jungensprostitution und Drogenverbreitung geduldet und sogar gefördert hatte.
Walter erfährt von diesem Mann, dass Mimmo und die Verwandtschaft gerade bei Angelos Beerdigung waren und ihn am Tag danach abholen werden. So übernachtete Walter in Mimmos Bett.

Am Tag danach kam Onkel Vittorio, Mimmo und leider auch Agnese.
Walter wusste nicht, wo er wohnen sollte, da Einquartieren bei Angelo nicht mehr möglich war.
Scheinheilig bot sich Agnese an, Walter zu aufnehmen in der Zeit, da er in Mailand war. Sie hatte inzwischen eine alte Zwei-Zimmerwohnung in Panigarola-Straße 8 (Via Panigarola, 8).
Walter hatte sehr große Bedenken bei Agnese zu wohnen. Er wusste ganz genau wie das Ende wurde, aber nach den Umständen blieb ihm nicht anderes übrig als anzunehmen. Mimmo versprach auch da zu sein und in der Mitte in dem Doppelbett zwischen Walter und Agnese zu schlafen.

Nach bereits drei Tagen provozierte Agnese einen Streit mit Walter im Beisein von Mimmo.
Sie machte ihm den Vorwurf, durch seine Geburt ihr Leben zerstört zu haben.
Mit schwarzem Humor entschuldigte sich Walter überhaupt geboren worden zu sein und machte Agnese klar, dass circa neun Monate vor seiner Geburt nicht er selber sich mit Domenico sexuell vergnügt hatte, sondern sie.
In den Tagen danach spitzte sich die Atmosphäre so stark zu, dass Walter beschloss, so schnell wie möglich abzureisen.

Bei einem Gespräch mit Mimmo, der die ganze Streiterei mitbekommen hatte, sagte Walter zu ihm, da er noch mal Angelo besuchen wollte und dann zurück nach Berlin gehen wollte, dass er Agneses Bosheit nicht mehr ertragen konnte.

Mimmo erzählte Walter, was am Tag, als Angelo starb, geschah. Zu dem Zeitpunkt konnte er sich keinen Reim darauf machen, aber jetzt ergab es einen Sinn.

Mimmo berichte:
►Am Morgen desselben Tages, da Angelo starb, kam er zu Besuch. Er war sehr fröhlich gestimmt und erzählte, dass Walter in Kürze nach Mailand kommen werde, und sie gemeinsam die Vorbereitungen für eine gemeinsame Wohnung machen wollten, so dass Walter bald endgültig zurück nach Italien konnte.
Agnese bekam Panik, als sie dass hörte und ein heftiger Streit zwischen ihr und Angelo entbrannte.
Angelo machte Agnese klar, dass es bereits beschlossene Sache war, ob sie wollte oder nicht.
Noch bevor Angelo wegging, hatte Agnese ihn genötigt unbedingt eine Limonade zu trinken. Kurz danach fühlte sich Angelo unwohl.
Stunden später kam die Nachricht, dass Angelo durch einen schweren Motorradunfall starb.
Mimmo konnte auch nicht verstehen, warum Agnese darauf bestand, dass ihr leiblicher Sohn Angelo obduziert wird, und obwohl sie wusste, dass Angelo eine Feuerbestattung habe wollte, hatte sie sich geweigert, den letzten Wunsch des Gestorbenen zu erfüllen. ◄

Beim letzten Besuch auf dem Friedhof des Bezirks Baggio, glaubte Walter aus dem Grab die Stimme von Angelo zu hören, der ihm sagte, dass er alles einleiten sollte für die Verwirklichung als Frau, dass er es sich nicht mehr leisten kann zu warten.

Vor der Rückreise nach Berlin sprach Walter noch mit Elena. Unter anderem sagte sie ihm, dass sie die Erbschaft von Domenico nicht haben wollte und fragte, ob er ihren Anteil haben wollte.
Walter, der einen späteren Streit ahnte, lehnte dankend ab, und schlug vor, ihn eventuell Mimmo zu überlassen.

Angelo & Neffe Roberto

1977

Die Erbhinterlassenschaft von Domenico (1978-1979)

Zurück nach Berlin, hoffte Walter bald, seinen Anteil der Erbschaft, die Domenico ihm hinterlassen hatte, zu bekommen. Mit diesem wollte er alles einleiten zur Verwirklichung zur Frau.

Eigentlich wollte sich Walter in Italien operieren lassen, dort hätte er als geborener Italiener weniger Probleme gehabt, aber nach dem Tod von Angelo hatte Agnese ihm alle Wege gesperrt.

Domenico hatte ein Sparbuch mit einem Betrag von elftausend Deutschen Mark beim Postamt Hamburg hinterlassen, und kurz vor seinem Tod hatte er einige Grundstücke in Sizilien gekauft, dazu kam andere Grundstücke, die ihm von dem Onkeln aus Amerika geschenkt worden.
Domenico hatte in seinem Testament verfügt, dass seine Nachkommen Walter, Elena, Angelo und Mimmo die Erbhinterlassenschaft bekommen sollten, und Frau Marianne Margarete Hohenstein, geborene Noth, einen lebenslänglichen Nießbrauch.

Aufgrund italienischen Rechtes steht den Kindern des Erblassers Walter, Elena, Angelo und Mimmo jedem ein Viertel des Gesamtnachlasses zu. Frau Hohenstein steht ein lebenslänglicher Nießbrauch an drei Vierteln des Gesamtnachlasses, im Fall des Todes der Ehefrau des Erblassers am Gesamtnachlass zu.
Sie ist von der Inventar– und Kautionspflicht befreit.
Der Ehefrau des Erblassers, Agnese Turiano geborene Fioraso, steht ein lebenslänglicher Nießbrauch an einem Viertel des Gesamtnachlasses zu.

Agnese, obwohl sie wusste, dass Domenico ein Testament hinterlassen hatte, machte sie an achten Oktober des Jahres 1977 beim Amtsgericht von Mailand folgende *falsche* Aussage:
►Am 17 August 1977, starb mein Ehemann Turiano Domenico geboren in S. Teresa Riva dem *17-02-1927* wohnhaft in S. Teresa Riva Provinz von Messina mit Wohnsitz in Deutschland (Berlin) *ohne ein Testament zu hinterlassen. Deshalb hinterlässt er als einzige Erben die Unterzeichnende Ehefrau* und die Kinder:
Turiano Walter geboren am *19*-05-1952, *wohnhaft in Arese Provinz von Mailand.*

Turiano Elena geboren in Meledo di Sarego dem **26**-09-1953, wohnhaft in Castellaro Guidobono Provinz von Alessandria.
Turiano Angelo geboren in Mailand dem 16-03-1955, wohnhaft in Mailand Rizzardi-Straße 31 (Via Rizzardi, 31).
Turiano Mimmo geboren in Mailand dem 16-08-1959, wohnhaft in Mailand in Torrazza-Straße 80 (Via Torrazza, 80).
Es gib keine anderen Erben.
Der Herr Turiano Domenico ist gestorben in Taormina.
(Unterschrift von: Fioraso Agnese)
(Unterschrift von Gerichtsschreiber: S. Barone)◄

Eines Tages bekam Walter einen Brief von einem angeblichen *„Rechtsanwalt"*, Herrn Moschella aus der Nähe von Messina in Sizilien. Er war der Sohn des Senior Rechtsanwalts Moschella, der in den 60er Jahren seine Anwaltskanzlei im Korso Buenos Aires in Mailand hatte. Der Senior Rechtsanwalt Moschella war es, der am Ende der 60er Jahre versuchte Walter auszufragen über das Geheimnis von „Mussolinis Schatz", und er war auch im viele ungesetzliche Angelegenheiten verstrickt.
Der angebliche Rechtsanwalt, der Junior Moschella, wurde von Agnese beauftragt, um Walter zu überreden beziehungsweise zu zwingen auf seinen Erbschaftsanteil zugunsten von Agnese zu verzichten.
Walter, obwohl mit einem Bein bereits im Grab, hatte gerade wieder mal einen Selbstmordversuch überlebt. Er war nicht bereit auf seinen Erbschaftsanteil zu verzichten und schon gar nicht zugunsten von Agnese.
Walter gab ein Sondervollmacht, die den Junior Moschella bevollmächtigte, alle seine Anteilen an den Grundstücken zu versteigern. Der höchste Bieter sollte den Zuschlag bekommen.

Der problematischer Transitweg bzw. Rückweg zum Weib (1979-1987)

Nach dem letzten überlebten Selbstmordversuch im Jahr 1978 sah Walter ein, dass es so nicht weitergehen konnte. Darum ging er völlig deprimiert zu seinem Hausarzt Dr. med. Hans-Jürgen Kohs um Hilfe und Rat zu suchen.
Dr. Kohs erkannte das Problem. Darum überwies er ihn zu dem Frauenarzt Professor Nevinny-Stickl in der Universitätsfrauenklinik in Berlin-Charlottenburg zur Hormonbestimmung und Weiterbehandlung.

Die Hormonbestimmung erbrachte im Bereich der Laborwerte eine beinahe hundertprozentige männliche Determinierung, hingegen fehlte die Bestimmung der weiblichen Östrogene.
Professor Nevinny-Stickl war der Meinung, dass ein Mensch, der solche Laborwerte hat, sich unmöglich als Frau fühlen könnte. Darum lehnte er eine Hormonbehandlung grundsätzlich ab.

Diese Hormonbestimmung ist eigentlich der Beweis, dass in der Vergangenheit eine Manipulation mit männlichen Hormonen bei Walter stattgefunden hatte.
Im Jahr 1959, als er sieben Jahre alt war, hatte Agnese veranlasst, dass er einen ganzen Monat täglich mit männlichen Hormonspritzen regelrecht vergewaltigt wurde.

Nach der Ablehnung von Professor Nevinny-Stickl verfiel Walter wieder im akute Depressionen.
Die Nachbarin Lieselotte überredete ihn nach einem erneuten Suizidversuch zum ersten Mal im Jahr 1979 in die Nervenklinik Berlin-Spandau zu gehen.
In der Nervenklinik erkannte sofort eine junge Psychologin das Problem. Sie erklärte Walter, dass er nicht verrückt ist, sondern nur im falschem Körper gefangen sei.
Die junge Psychologin versprach Walter Professor Nevinny-Stickl über das Problem aufzuklären.

Nach dieser Aufklärung erklärte sich Professor Nevinny-Stickl bereit, die Hormonbehandlung durchzuführen, aber erst nach dem Urlaub in circa sechs bis acht Wochen. Zwischenzeitlich sollte die Psychotherapie bei Herrn Dr. Haupt in der Universitätsfrauenklinik in Berlin-Charlottenburg beginnen.

Nach circa zwei Monaten, vor Beginn der Behandlung, machte Professor Nevinny-Stickl eine neue Hormonbestimmung.

Professor Nevinny-Stickl war überrascht, dass die Hormonwerte sich verändert hatten. Die männlichen waren gesunken und die weiblichen gestiegen, auch Walters Aussehen war eindeutig weiblicher.

Professor Nevinny-Stickl fragte Walter, ob er sich woanders Hormonpräparate besorgt hätte, aber Walter versicherte, dass das nicht der Fall war.

Im Mai 1979 konnte Walter die Psychotherapie bei Dr. Haupt beginnen. Erst war Dr. Haupt skeptisch, aber im Laufen der Behandlung wurde er immer überzeugter von der Weiblichkeit von Walter, die seit einiger Zeit durchsetzen konnte als Rosa angesprochen zu werden.

Dr. Haupt war auch überzeugt, dass die Alpträume, die Rosa seit ihrer Geburt verfolgen und quälen, Folgen und Erinnerungen von erschreckenden Erlebnissen waren, die sie bei der Geburt und die ersten sieben Jahre ihres Lebens erlebt hatte.

Dr. Haupt war auch der Meinung, dass das sexuelle Verhältnis zwischen Rosa und ihrem Onkel Vittorio im August des Jahres 1959 nicht von Rosa provozierte worden war, sondern von dem Kindermissbraucher Onkel Vittorio. Schließlich war Vittorio dreiundzwanzig und Rosa sieben Jahre alt.

Rosa hatte sich in Dr. Haupt heimlich verliebt, aber leider wurde nichts daraus.

Im Jahr 1980, während der nervenärztlichen Begutachtungen wird jetzt immerfort von Transsexualität gesprochen, was wenigstens die Zwitterstellung bzw. die Mittelstellung zwischen beiden Geschlechtern respektiert.

Es erfolgen erste Anträge an die Krankenkasse zur Unterstützung geschlechtsumwandelnder Operationen.

Der Vertrauensärztliche Dienst von Berlin-West im Auftrag der Krankenkasse hatte sich von Anfang an gegen Rosa gestellt, obwohl alle medizinischen und nervenärztlichen Begutachtungen zugunsten von Rosa waren.

Einer der Vertrauensärzte hatte sogar kaltblutig gegenüber Rosa behauptet, dass bei ihr eine Geschlechtsumwandlung nicht lohnen würde, da sie sowieso nur ein paar bis höchsten zehn Jahre zu leben hätte.

Warum hatte der Vertrauensärztliche Dienst von Berlin-West Rosa regelrecht sabotiert?
Im gleichen Jahr, als Rosa die Anträge gestellt hatte, hatten weitere neun deutsche Staatsbürger in Berlin-West die

Geschlechtsumwandlung beantragt, darunter war auch einer der
später als Romy Haag (*) bekannt worden.
Rosa war die einzige Ausländerin und wurde als einzige abgelehnt.
War der Grund, weil sie Italienerin war, oder weil sie ein
Krankenhausexperiment der fünfziger Jahre ist?

(*) Romy Haag (* 1. Januar 1951 in Scheveningen, Niederlande - Romy
Haag wurde unter der Namen **Edouard Frans Verbaarsschott**
geboren).
Sie ist eine deutsche Tänzerin, Sängerin, ehemalige Nachtclubbesitzerin
und eine die bekanntesten transsexuelle Frauen Deutschland.

Nach Ablehnungen der Krankenkasse für die Kostenübernahme für eine
chirurgische Neubildung der Nase im Jahr 1979, die übergroß und
hakenförmig war (eine typisch Hexennase), und im Jahr 1980 über die
Kostenübernahme einer geschlechtsumwandelnden Brustoperation.
Rosa musste sich das Geld unter belastenden Bedingungen erarbeiten
und nach diesen Ablehnungen die Operationen selbst in Auftrag geben.
Die Operationen erfolgten bei Frau Dr. Flemming, nicht wie vereinbart im
Klinikum Berlin-Steglitz, sondern in ihrer Privatpraxis.
Später würde festgestellt, dass Frau Dr. Flemming eine Pfuscherin ist
und beide Operationen von ihr verpfuscht wurden. Mehrere Operationen
waren notwendig, um der Schaden zu beheben.

Im Juli 1979 müsste Rosa bei der Firma Wollmanufaktur Lorenit
kündigen, da sie keine schwere Arbeit machen konnte, und die Firma
sich weigerte, ihr eine leichte Arbeit zu geben.
Nach einer medizinischen Untersuchung im Auftrag des Arbeitsamtes
wegen eine Umschulung wurde festgestellt, dass starke
Verschleißerscheinungen der Wirbelsäule mit Haltungsfehlern
vorhanden sind. Darum wurde nur eine Tätigkeit mit abwechselndem
Laufen, Sitzen und Stehen empfohlen, zum Beispiel Chefsekretärin.
Die Umschulung sollte nach Erwerb des Realschulabschlusses
beginnen.
Nach circa fünf Monaten Arbeitslosigkeit begann Rosa gegen den Rat
des Arbeitsamtes, als Küchenhilfe beim Restaurant Waldbaude in der
Bernauerstraße 139 in Berlin-Tegel.
K. Ebbecke, die Inhaber des Restaurants, hatte die schlechte
Gewohnheit, alle Essensreste, die zurückkamen wieder für die anderen
Gäste zu verwenden.
Ende Juni 1980 wurde Rosa gekündigt, als sie krank war. Nach einem
Gerichtsverfahren bekam sie eine Entschädigung zugesprochen.

Eines Tages bekam Rosa einen Anruf von Agnese. Sie versuchte erneut, Rosa zu überreden auf Domenicos Erbschaft zu verzichten. Rosa machte eindeutig klar, dass sie auf keinen Fall verzichten werden. Gleichzeit hatte sie auch mitgeteilt, dass sie sich bald operieren lassen werde. Obwohl Rosa nicht gesagt hatte, um welche Operation es sich handelte, hatte Agnese entsetzlich geschrieen: *„Nein!!! Was sollen die Leute denken?"* Rosa beendete ohne sich zu verabschieden den Telefonanruf.

Einige Zeit später bekam Rosa einen Brief von dem angeblichen Rechtsanwalt Moschella Junior, mit dem Angebot:
► Rosa sollte den gesamten Sparbuchbetrag bekommen, mit den elftausend Deutschen Mark, die Domenico beim Postamt Hamburg hinterlassen hatte. Als Gegenleistung sollte Rosa auf ihre Anteile an den Grundstücken verzichten. ◄
Rosa wusste, dass sie damit einen sehr großen Verlust hatte, aber sie hatte keine anders Wahl, *(es ist besser einen Spatz in der Hand zu haben, als eine Taube auf dem Dach)*. Darum erklärte sie sich einverstanden, aber sie sah danach kein Geld und für viele Jahre hat sie auch nichts mehr von dem Anwalt gehört.

Eines Tages, zu der Zeit, als Rosa sich noch übertrieben wie ein Paradiesvogel schminkte, da hörte sie beim Verlassen des Hauses, wo sie wohnte, eine Frau um die fünfzig Jahre zu ihrem Ehemann flüstern, dass sie wahrscheinlich eine Hure sei.
Rosa, völlig gleichgültig und mit der Nase nach oben, drehte sich um und sagte zu der Frau: *„Na und? Weil Sie nicht in der Lage sind, Ihren Mann sexuell zu befriedigen, muss er sich bei mir die Befriedigung holen!"*.
Die Frau drehte sich wütend zu ihrem Ehemann und ohrfeigte ihn, obwohl Rosa keinen von beiden kannte.

Rosa bekam von Professor Nevinny-Stickl zwei Klinikadressen, wo die geschlechtsumwandelnde Operation stattfinden könnte, da das in der Universitätsfrauenklinik in Berlin-Charlottenburg nicht möglich war.
Rosa schickte die Anträge per Einschreiben an beide Kliniken, eine Klinik in Kiel und die andere in München.

Rosa
alias Dea APHRODITE

Mai 1980

Da die Krankenkasse auch die Kostenübernahme für die geschlechtsumwandelnden Operationen ablehnte, blieb Rosa nichts anderes übrig, als die Rechtsschutzversicherung bei der Deutschen Gewerkschaft in Berlin-West in Anspruch zu nehmen. Leider hatte Rosa zu spät bemerkt, dass die Gewerkschaft nicht nur die Arbeiterschaft vertritt, sondern auch die Arbeitgeber und die Krankenkasse.

Mit dem ersten Gerichtsverfahren begann auch ein regelrechter Rechtskrieg gegen die Krankenkasse, die sich auf Empfehlung des Vertrauensärztlichen Dienstes weigerte Rosa Rechte anzuerkennen.

Rosa bekam nur vom Klinikum Großhadern der Universität München Antwort. Professor Dr. W. Eicher bat Rosa zu einem Vorgespräch und zur medizinischen Untersuchung wegen der geschlechtsumwandelnden Operationen.

Professor Dr. W. Eicher hatte bei dem Vorgespräch und der medizinischen Untersuchung keine Zweifel an der dringenden Notwendigkeit der Operationen. Darum bat er Rosa sich zum Zweck eines Operationstermins wieder zu melden, sobald die Kostenübernahme der Krankenkasse vorlag.

Mysteriöserweise genehmigte die Krankenkasse blitzschnell die Kosten für die Operation, ohne ein Gerichtsurteil abzuwarten. Der Rechtsanwalt vermutete, um einen Präzedenzfall zu verhindern, aber Rosa erfuhr Monate danach dem wahren Grund.

Ende Dezember 1980 war es endlich so weit. Professor Dr. W. Eicher operierte Rosa. Zwei Wochen danach war eine Korrektur notwendig, die nicht gleich bei der ersten Operationen möglich zu machen war.

Die Krankenkasse wollte die Kosten für die Korrektur erst nicht zahlen, weil sie der Meinung war, dass das gleich bei der ersten Operation hätte gemacht werden können.

Das Gericht forderte bei Professor Dr. W. Eicher die medizinischen Unterlagen von Rosa. So erfuhr Rosa, warum die Krankenkasse blitzschnell die Kosten für geschlechtsumwandelnde Operationen bewilligte.

Entsprechend den medizinischen Unterlagen: bei dem Vorgespräch und der medizinischen Untersuchung hatte Professor Dr. W. Eicher bei Rosa Unregelmäßigkeiten festgestellt. Das männliche Geschlechtsorgan hatte Krebs und sie hatte wahrscheinlich nicht lange zu leben, wenn sie nicht schnell operierte würde.

Anfang 1981 war das Gesetz für den offiziellen Eintrag der Vornamens– und Geschlechtsänderung in Deutschland bereits verabschiedet, in Italien dieses Gesetz aber noch nicht beschlossen und es war nicht

vorauszusehen, wann dies der Fall sein würde. So musste Rosa das in Deutschland beantragen.
Leider hatte Rosa keine andere Wahl, als erst die deutsche Einbürgerung zu beantragen und somit der Verlust der italienischen Staatsangehörigkeit.
Um keine Zeit zu verlieren, wurde die Einbürgerung und Eintragsänderung des Vornamens und Geschlechts auf Empfehlung eines Berliner Senators gleichzeitig bearbeitet.
Rosa entschied sich den Vornamen Evelyn zu beantragen, um eine Verwechslung mit der beinahe gleichaltrigen Cousine Rosa aus Amerika zu vermeiden, die auch den gleichen Familiennamen hat.

An einundzwanzigsten April 1981 bekam Rosa die deutsche Einbürgerungsurkunde (Geschäftsnummer: I E 53 - 113 789) vom Senator für Inneres in Berlin-West ausgehändigt.
Mit Beschluss (Geschäftsnummer: 70 III 160/81) des Amtsgerichts Berlin-Schöneberg vom vierten Juni 1981 wird beschlossen, dass der Antragsteller als dem weiblichen Geschlecht zugehörig anzusehen ist und künftig den Vornamen Evelyn führt.

Kurze Zeit später beantragte Evelyn beim Standesamt I in Berlin-West die Eintragung im Berliner Geburtenbuch. Das war möglich aufgrund eines Gesetzes für Sonderfälle.
Nachdem die Standesbeamtin eine Kopie der Eintragung im Geburtenbuch des Standesamtes von Mailand angefordert hatte, wurde sie am fünfundzwanzigsten Januar 1982 im Berliner Geburtenbuch (Nummer: 189/1982) eingetragen.
Evelyn bekam eine Kopie des Geburtseintragung des mailändischen Standesamtes. So bekam sie den Beweis, dass sie bei der Geburt den Familiennamen Froletti trug und gleich ins Waisenhaus abgeschoben wurde, obwohl das Agnese immer abgestritten hatte und behauptete, sie sei eine Verrückte.

Die Schäden, die Agnese bei Evelyns Geburt und die ersten acht Jahre in ihrem Leben verursacht hatte, sind beinah nicht mehr zu reparieren.
Die männlichen Hormongaben, die Agnese bei Evelyn veranlasst hatte als sie sieben Jahre alt war, hatten zur Folge, dass sie schon mit acht Jahren Stimmbruch, starke körperliche Behaarung, Wirbelsäulenprobleme und andere körperliche Gebrechen bekam.

Evelyn
alias
Dea APHRODITE

11. Juni 1981

Die weibliche Hormontherapie, die Evelyn seit 1979 bekam, konnte auch nicht das Behaarungsproblem beheben.
Nach langer Arbeitslosigkeit war Evelyn wegen ihrer körperlichen und seelischen Gebrechen zwei Jahre krank geschrieben.
1983 wurde ein Kurantrag gestellt. Er wurde wegen Gesichtsentstellung durch Bartwuchs abgelehnt, dafür wurde gegen den Willen von Evelyn eine Rente wegen Erwerbsunfähigkeit bewilligt, erst für zwei Jahre, dann auf Dauer umgestellt.
Evelyn war gezwungen sich zu vermummen, wenn sie die Wohnung verließ.

Es wurde eine elektrische Enthaarungsbehandlung für das Gesicht begonnen, musste aber schnell abgebrochen werden, weil die Krankenkasse nur einen Bruchteil bezahlen wollte und Evelyn kein Geld hatte, um sie selber zu bezahlen.
Es wurden auch viele andere Therapiebehandlungen zu Beseitigung der Gesichtsbehaarung angewendet, aber ohne Erfolg.
Dabei hatte in Jahr 1981 der kosmetische Chirurg Dr. Detlef Witzel, als erstes eine kleine Probe bei Evelyn mit Erfolg operiert, sich aber danach nicht getraut weiter zu operieren, obwohl er es versprochen hatte.

Evelyn ist zu dieser Zeit völlig am Ende, nicht nur körperlich, sondern besonders auch seelisch. Die Alpträume sind stark zurückgekommen, am schlimmsten ist aber der dauernde Krieg mit der Krankenkasse.
Im September 1981 wird sie das zweite Mal wegen Suizidversuch in die Nervenklinik Spandau für circa sechs Wochen eingeliefert.
Vier Wochen später wird Evelyn aufgrund eines Suizidversuches für circa vier Wochen erneut aufgenommen. Sie trank ein Glas mit zwanzig Prozentiger „H2 O2" Lösung (Wasserstoffsuperoxyd- Lösung).
Vier Tage später wird sie erneut wegen eines Suizidversuches für circa zwei Wochen eingeliefert, nachdem sie versucht hatte, sich die Pulsadern an beiden Handgelenken aufzuschneiden.

Im Herbst 1981 machte Evelyn Bekanntschaft mit Peter Frenz. Er war ein paar Jahre älter und viel kleiner als sie.
Peter war viel zu nett und hilfsbereit. Obwohl Evelyn kein gutes Gefühl hatte, verloben sich die beide am Heiligenabend, als sie in der Nervenklinik Spandau war.
Peter überredete Evelyn, dass sie ihm als Verlobungsgeschenk eine große und wertvolle Sammlung von Gedenkmünzen schenkte.
Leider verfiel Evelyn ihm. Sie nahm viel zu spät wahr, dass sie auf einen Heiratsschwindler reingefallen war.
Nach circa sieben Jahren konnte sie sich von ihm endgültig lösen.

Evelyn zeigte Peter wegen Heiratsschwindel und Herausgabe der Gedenkmünzensammlung an.
Angeblich hatte Peter die Münzsammlung nicht mehr und war auch nicht in der Lage sie zu ersetzen. Darum verurteilte ihn der Richter, an Evelyn zwanzig Deutsche Mark pro Monat bis zu zehn Jahre lang zu zahlen.
Evelyn war der Meinung, dass er nicht genug bestraft war. Darum verfluchte sie ihn mit Krebs.
Ein paar Jahre später starb Peter nach langem Leid qualvoll an Kehlkopfskrebs.

Eines Abends im Jahr 1982 (oder 1983?), als Evelyn wieder keinen Ausweg aus ihrer Zwangslage fand, nahm sie eine ganze Packung starke Schlaftabletten in der Hoffnung nie wieder aufzuwachen.
Die Tabletten, statt Evelyn in tiefen Schlaf zu versetzen, hatten nur das völlige Gegenteil erreicht.
Um Mitternacht bestellte sich Evelyn ein Taxi, und nur mit Schuhen, Pelzjackenimitat und Handtasche mit einem Hammer bekleidet und sonst nichts, fuhr sie zur Berliner Sparkasse in der Altstadt Spandau.
Dort öffnete sie, splitterfasernackt, mit der Scheckkarte die erste Banktür und mit dem Hammer schlug sie die Scheibe der zweiten Tür ein, dann machte sie es sich bequem an des Bankdirektors Schreibtisch und wartete auf die Polizei. Nach einer Weile kam das Polizeikommando und brachte Evelyn in das Polizeipräsidium. Als den Polizeibeamten bewusst wird, dass sie die Bank nicht ausrauben wollte, sondern das nur ein Hilfeschrei war, um auf ihre Zwangslage aufmerksam zu machen, wurde sie wieder freigelassen und die Angelegenheit totgeschwiegen.
Die Berliner Zeitung bracht folgenden Schlagzeile: „**Nackte Frau mit Bart brach mit einem Vorschlaghammer in die Berliner Sparkasse in der Altstadt Spandau ein**".

Im Jahr 1985, Behandlung im Klinikum Westend und Durchführung einer zweiten Gesichtsoperation.
Hier wurden chirurgisch Barthaare entfernt und der Adamsapfel im Bereich des Kehlkopfes abgetragen. Leider kamen die Barthaare nach mehreren Monaten im voller Stärke zurück.
Mehrere Jahre später hatte Evelyn keine andere Wahl, als im Klinikum in Berlin-Moabit als Versuchskaninchen mehrere Röntgenbestrahlungen im Bereich der Barthaare über sich ergehen zu lassen.
Dieser Behandlung mit Röntgenstrahlen hatte nur für circa ein halbes Jahr die Barthaare verschwinden lassen, dann kamen genau so stark wie zuvor zurück, und wegen dem höheren Risiko wollte keinen Arzt bzw. Chirurg mehr sie im Gesichtbereich behandeln bzw. operieren.

Evelyn
alias
Dea APRODITE

März 1982

Evelyn
alias
Dea APRODITE

September 1982

Seit den ersten Brustoperationen im Jahr 1980, die von Frau Dr. Flemming verpfuscht wurden, waren mehrere Behandlungen und insgesamt fünf oder sechs Brustoperationen notwendig geworden und langjährige Gerichtsverfahren gegen die Krankenkasse wegen der Kostenübernahme, um den Schaden zu beheben. Erst die letzte Operation im Jahr 1997 war erfolgreich gewesen. Seitdem habe sie keine Beschwerden mehr in den Brüsten.

Professor Dr. med. D. Kadach schrieb, am erstem August 1987 in einem gerichtlichen Gutachten (Geschäftsnummer: S 72 Kr 404/86), unter anderem folgenden Bericht:
▶ **Verhalten der Krankenkasse bei Anträgen auf geschlechtsumwandelnde Operationen seit 1978:**
1. Seit 5/1979 sind die Hormonmedikamente von der Krankenkasse bezahlt worden, die erforderlich waren, die weitere weibliche Determinierung durchzuführen, nachdem von zwei neurologischen Abteilungen als gesichert angesehen wurde, dass es sich bei diesem Transsexualismus um einen mit weiblicher Determinierung handelte. ... Es wurde festgelegt, dass bei 2-jähriger konstanter Behauptung unter der Psychotherapie von ärztlicher Seite aus dann eingewilligt werden sollte in alle Operationen, die auch im Bereich des äußeren Erscheinungsbildes zur weiblichen Determinierung beitragen.
2. Der Antrag zur ersten Brustoperation erfolgte Ende 1979 - Anfang 1980. Er wurde von der Krankenkasse abgelehnt. Die Patientin glaubt, dabei ein zweites Argument der Ausländerfeindlichkeit bei der Krankenkasse bemerkt zu haben. Die Patientin beschreibt ihr Gefühl nach der Ablehnung mit folgenden Worten: „Ich wollte dem weiteren Theater mit Prozessen aus dem Wege gehen, weshalb ich mich bemühte, meinen guten Willen zu zeigen und einen Anteil an diesen Operationen übernehmen wollte." Die Operation 1980 erfolgte deshalb bei Frau Dr. Flemming bei eigener Kostenbeteiligung.
3. Die konservative Röntgenbestrahlung im Krankenhaus Spandau Lynarstraße wegen stärkerer Narbenbildung im Bereich der Brüste erfolgte zu Lasten der Krankenkasse.
4. 1981 erfolgte im Waldkrankenhaus die stationäre Behandlung zu operativer Kapselsprengung und Narbenkorrektur zu Lasten der Krankenkasse. Hier besteht jedoch der Verdacht, dass bei ungenauer Einweisungsdiagnose die Krankenkasse nicht rechtzeitig von dem tatsächlichen Geschehen unterrichtet war.
5. Anlässlich der ersten geschlechtsumwandelnden Operation im Bereich des Unterleibes im Klinikum Großhadern in München erfolgte ebenfalls Antragstellung bei der Krankenkasse. Die

Kostenübernahme wurde zunächst abgelehnt, dann aber im Widerspruchsverfahren genehmigt.

6. Die operativen Behandlungen des Kinnbartwuchses und Oberlippenbartwuchses sowie der Entfernung eines großen Adamsapfels wurden ebenfalls bei der Krankenkasse beantragt und von der Krankenkasse genehmigt. Infolge der Prinzipien der Krankenkasse dies nur unter wirtschaftlich vertretbaren Gesichtpunkten zu genehmigen, sind jeweils kritische Behandlungskosten gewählt worden. Unter diesen Gesichtspunkten sind bis 1985 die Barthaaroperationen genehmigt und bezahlt worden.

Epikkrise:
Es handelt sich bei der jetzt 35-jährigen Patientin wichtigstenfalls um eine Transsexualität mit weiblicher Determinierung.

Dieses bedeutet, dass die genetische Anlage weder als Junge noch als Mädchen voll ausgeprägt war, ...

Diese Determinierung führte zu schwersten nervlichen Komplikationen bis zu den Jahren 1982/1983. Sie besserte sich, weil seit 1978 eine Behandlung der psychosomatischen Probleme der Transsexualität einsetzte und der Patientin das Gefühl gab, dass sie ihre Rolle als Frau weiterleben kann.

Nervenärztlicherseits wurde das Geschlecht dieser Person als Frau bestätigt.

... Dies stellt eine Krankheit bzw. einen krankheitsähnlichen Zustand im Sinne der Reichsversicherungsordnung dar.

... Unter diesen Gesichtspunkten ist es unverständlich, weshalb die Krankenkasse die erste Operation im Bereich der Brust abgelehnt hat. Es ist ohne Zweifel geblieben, dass die Patientin bereits diese erste Operation bzw. deren Kostenübernahme bei der Krankenkasse beantragt hat.

... Es dürfte deshalb medizinisch unstreitig sein, dass die Krankenkasse bereits diese erste Operation hätte bezahlen müssen.

... All diese Folgen aber hat auch die Krankenkasse mit zu verantworten, da sie zunächst jede Hilfe bei der Erstoperation ablehnte. Dies war pflichtwidrig.

... Auch das ist unerklärlich, da sich die Krankenkasse spätestens seit der Festlegung der weiblichen Determinierung des krankhaften Körperzustandes über die Behandlungspflicht aller Operationen im Bereich der äußeren Körperform sowie auch notwendiger Medikamentenbehandlung im Klaren sein musste.

Die Festlegung der weiblichen Determinierung erfolgte 1979/1980 von anerkannten Kliniken und Universitätsabteilungen, so dass es darüber nur wenig Zweifel geben konnte. Die Krankenkasse hat also selbst durch unverständliche Haltung zu diesen medizinischen Fragen zu weitergehenden Komplikationen bei der Patientin beigetragen. Ärger und Aufwendung bei der Antragstellung durch die Patientin hätten im Interesse des nervlichen Zustandes vermieden werden können, wenn sich die Krankenkasse eines sachkundigen Mediziners oder Begutachters versichert hätte, der vor allem die Transsexuelle Problematik rechtzeitig erkannt hätte. Die Krankenkasse war also zur Behandlungspflicht bereits die der ersten Brustoperation aufgerufen. Sie hat dies jedoch abgelehnt, was zu weiteren Gesundheitsstörungen beigetragen hat. Sie ist auch zu allen weiteren geschlechtsumwandelnden Operationen kostenerstattungspflichtig. ... (Professor Dr. med. D. Kadach) ◄

Dea APHRODITE-KALI, die Verschmelzung von zwei Göttinnen (1987-1994)

Evelyn würde von den „Familien", Krankenkasse, Behörden und so weiter regelrecht sabotiert und es wurden ihr Steine in dem Weg gelegt. Sogar der Bürgermeister Werner Salomon (1979 —1992 Bürgermeister von Spandau, Berlin), obwohl Evelyn mehrere Termine bei ihm in der Bürgersprechstunde hatte, ließ sich jedes Mal verleugnen. Im Jahr 1985, der Bürgermeister Werner Salomon sagte sogar im Beisein von Zeugen, als Evelyn ihm beim Verlassen des Rathauses traf, wörtlich: *„Mit so einer Person will ich nicht zu tun haben!"*

Es war in dieser Zeit, dass Dea Aphrodites Seele sich mit der Seele der Göttin Kali verschmolzen hatte zu einer Doppelgöttin, um die Grausamkeit der Menschheit zu ertragen und zu überleben. So wurde Evelyn zu Dea APHRODITE-KALI, „die Göttin der Liebe und der Grausamkeit". Schließlich haben alle Medaillen zwei Seiten, „die Güte und die Bosheit", eine kann nicht existieren ohne die andere.

Ende des Jahres 1986 machte Evelyn einen erneuten Annäherungsversuch an die „Familien".
Scheinheilig bot sich Agnese an, die inzwischen ein Dreizimmer-Appartement in der Vergastrasse 20 in Mombretto von Mediglia, Provinz von Mailand gekauft hatte, Evelyn zu sich zu nehmen. Erst im Urlaub, dann für immer sollte sie zurück nach Italien kommen.
Im Januar ging Evelyn mit der Katze Mischita in die Wohnung von Agnese und der Bruder Mimmo, Mischita sollte in Italien bleiben bis Evelyn auch für immer dort bleiben würde.
Obwohl Evelyn seit der Beerdigung von Bruder Angelo im März 1978 nicht mehr in Italien gewesen war und das Gebäude, wo Agnese die Wohnung gekauft hatte, seit einigen Monaten baufertig war, kannte Evelyn es schon.

Sie war bereits ein paar Tage vor der Abreisen dort, und zwar mit ihrem Astralkörper.
Interessant ist, dass sie solche mystischen Reisen nicht auf Bestellung machen kann, sondern nur in wahren Notfällen.

Evelyn
alias
Dea APHRODITE-KALI

Januar 1987

Evelyn
alias
Dea APHRODITE-KALI

03. September 1988

**Riccardo Fogli
und Autogramm**

03. September 1988

Agnese beklagte sich, dass sie eine Menge Geld verloren hatte durch die gekauften Aktien, die sie nach kurzer Zeit mit großem Verlust wieder verkaufen musste, um die Wohnung zu kaufen.
Agnese beichtete auch, dass sie veranlasst hatte, bei der Bank im Beisein und Einverständnis von Elena, die die Aktien deponiert hatte, dass im Fall ihres eigenen Todes *„nur"* die Tochter Elena erben sollten. Mit dieser Beichte bestätigte Agnese, dass ihr eigener Nachkomme nur ein *„Mittel zu Zweck"* war.
Na ja, für Agnese war schon damals Evelyn *„nur"* ein Druckmittel. Dass Evelyn als Hermaaphrodite geboren worden, war eine Experimentpanne. Darum wurde, nach Veranlassung von Agnese, sie zum Jungen verändert, weil sie nur so erreichen konnte, dass Domenico sie heiratete. Mimmo, der genau das Ebenbild von seinem Vater Domenico ist, war *„nur"* eine Lebens- und Altersabsicherung, den sie genau wie ihren damaligen Ehemann Domenico tyrannisierte und terrorisieren konnten.

Anfang des Jahres 1987 wollte Evelyn bei ihren Ex-Kollegen, Freunden, Verwandtschaft und der Familie Ratano zum ersten Mal als Frau vorstellen und somit sie alle schockieren.
Evelyn war sehr überrascht, die Familie Ratano, die sie als eigene Familie ansah und die Freunde und Ex-Kollegen bei der Firma „LA. ME. PRE." hatten sie mit Freude empfangen und waren überhaupt nicht überrascht Evelyn als Frau zu sehen, im Gegenteil, sie alle hatten geahnt und gewusst, dass es nur eine Frage der Zeit war.
Sogar ein gleichaltriger Ex-Kollege, der leider inzwischen schon verheiratet war, sagte zu Evelyn, weil sie im November 1969 aus Mailand verschwunden war, hatte er ein anderes Weib heiraten müssen. In Gegenteil, sogar Elena, die wahrscheinlich von Agnese angestiftet worden war und ihren beiden Söhnen Roberto und Andrea verschwiegen hatte, dass sie eine Tante haben, die früher ein Onkel war, versuchte sich nicht anzumerken zu lassen, dass ihr die Angelegenheit nicht passte. Evelyn hatte das eindeutig gespürt, obwohl sie es sich nicht hatte anmerken lassen.
Die übrige Verwandtschaft versuchte Ausreden zu finden, um Evelyn überhaupt nicht sehen zu müssen, zumindest hatte Evelyn es so empfunden.

Bei der Gelegenheit, als Evelyn in Mailand war, beauftragte sie die Rechtsanwältin Attilia Fracchia, in der Visconti von Modrone Straße Nummer 32, um auch in Italien die Anerkennung der Namens- und Geschlechtsänderung zu erwirken.
Mit Datum vom zwanzigsten Januar 1989, anerkannte der Gerichtshof von Mailand (Geschäftsnummer: 2983/88 R. G.) die Namens- und

Geschlechtsänderung und befahl dam Standesamt von Mailand den Vermerk des Urteils im Originalgeburtenbuch.
Beim Polizeipräsidium vom Mailand stellte Evelyn auch den Antrag auf Aufenthaltsgenehmigung (Registriernummer: 205026), die zuerst für ein Jahr gültig war, dann wurde es bis Dezember 1988 verlängert.

Evelyn hatte die elftausend Deutsche Mark, die Domenico hinterlassen hatte und die sie als Gegenleistung bekomme sollte für ihre Anteile an den Grundstücken, gedanklich bereits als Verlust abgeschrieben, als sie im April 1987 Agnese angesprochen wurde, die eine Sondervollmacht für die Grundstücke haben wollte.
Evelyn machte Agnese klar, dass sie wegen der Abmachung eine Sondervollmacht nur unterschreiben werde nach Erhalt des elftausend Deutsche Mark.
Den sechsundzwanzigsten April hatten Mimmo und Agnese in eigener Person und als Bevollmächtigte von Elena eine Sondervollmacht unterschrieben bei dem Notar Pasquale Iannello in Mailand, die Evelyn ermächtigt, die elftausend Deutsche Mark einzuziehen.
Nach Erledigung der Formalitäten mit Frau Marianne Margarete Hohenstein geborene Noth, die im Besitz des Postsparbuches war, konnte Evelyn das Geld kassieren.
Den fünften Januar 1988 unterschrieb Evelyn beim Notar Pasquale Iannello eine Sondervollmacht, die Agnese bevollmächtigte die Grundstücke in Santa Teresa di Riva, Provinz von Messina, zu verkaufen.
Einige Monate später bekam Evelyn einen Brief von dem angeblichen Rechtsanwalt, dem Junior Moschella, im Auftrag von Agnese, obwohl der für Evelyn die Angelegenheit mit sehr großem Verlust abgeschlossen hatte.
Der angebliche Rechtsanwalt wollte, dass Evelyn ihm die elftausend Deutsche Mark überweist, danach hätte er sie angeblich zurück überwiesen.
Evelyn machte ihm klar, dass sie nicht blöd seid und außerdem durch die Überweisung erst nach Italien und dann zurück nach Deutschland einen starken Wechselkursverlust hätte.

Am dritten September 1988, als Evelyn bei einem Besuch in Mailand war, ging sie mit Mimmo und Agnese zu einem musikalischen Festival von Riccardo Fogli (* 21. Oktober 1947 in Pontedera Italien, er ist ein italienischer Sänger. Von 1966 bis 1973 sang er in der Gruppe Pooh. Dann verließ er die Gruppe für seine Solo-Karriere.
Riccardo Fogli gewann das San-Remo-Festival 1982 mit dem Titel *"Storie Di Tutti I Giorni"*).

Riccardo Fogli fragte Evelyn, als sie ihn um ein Autogramm bat, ob sie mit ihm in seinen Umkleideraum gehen wollte, aber das Dummchen Evelyn hat sich nicht getraut, obwohl Mimmo ihr zugeraten hattet.

Eines Tages ersuchte Evelyn Agnese ihr zu erklären, warum sie bei der Geburt den Familienname Froletti hatte und warum sie in ein Waisenhaus abgeschoben wurde.
Agnese reagierte völlig aggressiv und behauptete, obwohl Evelyn die Fotokopie der Originalgeburtsurkunde vorgelegt hatte, dass sie eine Lügnerin und Verrückte seid und dass das Dokument eine Fälschung ist.
Ein paar Tage später nahm Evelyn die Katze Mischita und ging zurück nach Berlin. Den Kontakt mit Agnese brach sie ab, nur mit Mimmo gab es weiterhin schriftliche Korrespondenz.

Als Evelyn nach dem Aufenthalt in Mailand im September 1988 zurück nach Berlin ging, hatte Agnese bereit angefangen wieder Evelyn bei der Verwandtschaft schlecht zu machen, und so eine Rückkehr nach Italien unmöglich zu machen.
Wie auch immer, kurz danach bekam Evelyn einen Brief von Elena, der ihr mitteilte (ohne Angaben von Gründen), dass sie mit ihr nichts mehr zutun haben wollte, und dass *„sie bleiben sollte, wo der Pfeffer wächst!"*.
Evelyn antwortete, wenn dass ihr Wunsch sei, dann existiere sie für sie selbst auch nicht mehr.
Seit damals gab es zwischen Evelyn und Elena für circa zwanzig Jahre Funkstille.

Im Jahr 1990 hatte Evelyn Mimmo eingeladen, ein paar Monate in den Sommerferien in Berlin zu verbringen.
Mimmo kam im Juli, aber leider nicht allein, Agnese war einfach mitgefahren, obwohl sie nicht eingeladen war und hatte auch nicht gefragt, ob sie mitkommen dürfte.
Evelyn machte „Gute Miene zum bösen Spiel" und hat sie trotzdem empfangen. Obwohl Agnese für den ganzen Aufenthalt keinen einzigen Pfennig bezahlt hatte, hatte sie immer was zu meckern und versuchtet dauernd Streit zu provozieren.
Nach dem Geburtstag von Mimmo am sechzehnten August, hatte Evelyn dann Agnese mit allen ihren Koffern rausgeschmissen.

Am Tag danach, kam einer vom italienischen Konsulat in Begleitung von zwei Polizisten. Er berichtete, dass Agnese behauptet hatte, dass Evelyn sie auf die Strasse ohne Geld rausgeschmissen hatte.

Evelyn und Mimmo erklärten dem Mann vom italienischen Konsulat und den Polizisten, dass Agnese keinerlei Rechte hätte, außerdem bestätigte Mimmo, dass sie drei Millionen italienische Lire in der Handtasche hätte. Mimmo blieb noch für circa sechs Wochen in Berlin.
Einige Monaten später, Evelyn bekam Post vom Gericht, forderte Agnese von Evelyn Unterhaltsgeld, da sie angeblich nicht genug hätte. Evelyn erklärte dem Gericht, ersten dass Agnese keinerlei Rechte hätte, zweitens, dass sie zwei Pensionen bekomme würde und eine Eigentumswohnung hätte, dagegen hätte Evelyn nur eine kleine Rente und müsse auch noch zur Miete wohnen.

Im Jahr 1991, als es für Evelyn nicht mehr weiter ging und sie wieder keine Hoffnung mehr sah, beschloss sie mit Hilfe der „Weißen Magie" sich ein spezielles doppelseitiges Amulett anfertigen zu lassen.
Sie studierte das Dreibändige Buch „Praxis Magie", die sie in Mailand bei ihrem letzten Besuch gekauft hatte, und entschied sich für ein doppelseitiges Medaillon aus dreiviertel Gold und einviertel Kupfer, da sie reines Kupfer wegen einer Allergie nicht tragen konnte.
Genau am ihrem neununddreißig Geburtstag kaufte sie das entsprechende Material und gab bei einem Juwelier den Auftrag, ein doppelseitiges Medaillon anfertigen zu lassen.

Dam Medaillon sollte auf der Hautseite der erste Talisman des Venus eingraviert werden.
►Der erste Talisman der Venus dient, die Geister des Planeten zu kontrollieren.
Es fördert Anmut und Ehren und man kann, mit seiner Hilfe, jede Kunst ausüben, die unter die Herrschaft des Planeten fällt.
Innen herum am Rand sind die Namen der Engel eingeritzt: Nogahiel, Acheliah, Socohia und Nangariel. ◄

Auf die Sichtseite des Medaillons sollte der erste Talisman des Jupiters eingraviert werden.
► Der erste Talisman des Jupiters stellt ein gewisses Interesse dar, und es wurde, wie auch beurkundet, von ihm von einer geschichtlichen Persönlichkeit Gebrauch gemacht.
Es trägt der Inschrift (wie üblich zwischen zwei Kreisen): «Gloria und Reichtum ins Haus von ihm; und seine Gerechtigkeit dauert ewig», vom Psalm CXII, 3.
Dieser Talisman, vorgezeichnet auf Pergament, wurde wieder aufgelegt auf den Körper des Grafen Anselm, Bischof von Würzburg, in der Nacht des neunten Februar 1749.
Man sagt also, dass es die große Macht des Talismans war, der ihm erlaubte, seine hohe Position zu erreichen und sich Reichtümer und

Macht zu verdienen, was ihm geholfen hat, den Anschlägen von seinen vielen Feinden zu entgehen.
Derselbe Talisman dient auch, die versteckten Schätze zu entdecken, und den Zelebrierenden zu schützen gegen die bösen Geister während der Zeremonie des Jupiters. ◄

In der Mitte vom Medaillon wurde ein kleiner Aquamarin eingefasst, und rund herum um den Rand wurden die persönlichen Daten von Evelyn eingraviert.
Aufgrund dessen, dass das spezielle doppelseitige Amulett nicht aus reinem Kupfer ist, konnte es nicht die volle magische Kraft entfalten, aber zu mindest ging es für Evelyn bergauf und sie wurde von negativen Kräfte geschützt.

Seit August 1985 wurde Evelyn vom Reichsbund (später in Sozialverband Deutschland umbenannt), in dem Rechtstreit gegen die Krankenkasse vertreten.
Der Reichsbund hatte im Jahr 1988 durch Prozessverfahren erreicht, dass die Krankenkasse verurteilt worden, die Kosten für die Operation zu Wiedererstellung der Brüste zu übernehmen, und im Jahr 1994 die Kosten für eine Gesichtsoperation durch einen Spezialisten für Plastische Chirurgie übernehmen zu müssen. Aber leider traute sich inzwischen wegen der Vorbelastungen kein Chirurg mehr zu operieren.

Evelyn versuchte Dr. Detlef Witzel, der inzwischen eine eigene Praxis im Gebäude des Hotels Mondial am Kurfürstendamm 47 hatte, zu überzeugen sie zu operieren.
Dr. Witzel weigerte sich, weil er sich nicht traute, darum bliebe Evelyn nicht anderes übrig, als zu drohen, sich in der Praxis selbst anzuzünden. So hätten sie danach die Chirurgen operieren müssen, wegen der Verbrennungen.
Unter diesen Umständen wurde der Chefarzt Dr. Dr. med. Johannes C. Bruck im Urban-Krankenhaus empfohlen.
Der geldgierige Dr. Bruck operierte Evelyn im Sommer 1994, nachdem die Krankenkasse ihm sein „privat Honorar" im Voraus bezahlt hatte.
Dr. Bruck, der eine Kapazität in der Wiederherstellungschirurgie ist, hatte beinah die ganze Barthaaresproblematik herausgeschält, aber er hatte starke, verdächtige Narben hinterlassen. Ob ihm mehrere Male das Skalpell ausgerutscht war, oder ob er bei der Operation nicht ganz nüchtern war?
Zuerst machte sich Evelyn wegen der Narben keine Sorgen, da Dr. Bruck beim Vorgespräch gesagt hatte, dass nach circa zwei Jahren, wegen der Ausschälung der Barthaare, eine Gesichtsstraffung notwendig

sei und gleichzeitig könnten dabei die alten und neuen Narben korrigiert werden.

Leider war Evelyn so blöd, Dr. Bruck zu glauben und sich das nicht schriftlich geben zu lassen.

So weigerte sich die Krankenkasse drei Jahre später, die Kosten für die Korrektur zu übernehmen.

Dr. Bruck hatte die Stellungnahmeaufforderung vom Gericht, ignoriert bzw. alles dementiert, so dass Evelyn den Prozess verloren hatte, obwohl ihr Gesicht bereits eingefallen war wie eine leerer Sack.

Ein paar Tage nach der Gesichtsoperation im Sommer 1994 machte Evelyn die Bekanntschaft mit einem circa fünfundzwanzigjährigen jungen Mann aus Indien, als sie noch im Krankenhaus war.

Der Inder hatte Jahre davor durch einen Motorradunfall einen Unterarm verlor.

Er hatte ihr den Hof gemacht, mit dem Argument italienisch lernen zu wollen, im Wirklichkeit wollte er *„französischen Sexualunterricht"* von Evelyn bekommen.

Bei der Verlobung machte Evelyn ihm klar, dass sie *nicht* heiraten wollte, bevor ein Jahr vorüber wäre. Obwohl er circa zwanzig Jahre jünger war wie sie, einen schönen Körperbau hatte, mit seiner Behinderung gut umgehen konnte und der Sex phantastisch und dauerhaft war, trennte sie sich von ihm.

Nach circa drei Monaten wurde ihr bewusst, dass die Papiere für die Heirat bereits beantragt waren und auch von ihr selber unterschrieben worden waren, obwohl sie mindesten ein Jahr warten wollte.

Wollte der Inder Evelyn heiraten, oder durch Manipulation einen deutschen Reisepass?

Der Zweite Bildungsweg (1994-2005)

August 1994, Evelyn meldete sich bei der Volkhochschule Spandau (VHS Spandau) zum nachträglichen Erwerb des Hauptschulabschlusses an, was wegen einer Wartenliste erst im Januar 1996 anfangen konnte. Zwischenzeit teilnehmen sie an den Kursen Englisch als Fremdsprache, Grundstufe I, II und III.

Ab Januar 1996 hatte sie nachträglich den Hauptschulabschluss erworben, im Juni 1997 bekam sie das Abschlusszeugnis mit folgenden Beurteilungen der Leistungen: Mathematik und Physik jeweils Note 1 (sehr gut) – Englisch (Leistungsstufe II) Note 2 (gut) – Weltkunde und Chemie jeweils Note 3 (befriedigend) – und Deutsch Note 4 (ausreichend).

Ab August 1997 hatte sie nachträglich den Realschulabschluss erworben, im Januar 1999 bekam sie das Abschlusszeugnis mit folgenden Beurteilungen der Leistungen: Mathematik Note 1 (sehr gut) – Physik, Chemie und Biologie jeweils Note 2 (gut) – Deutsch, Englisch, Geschichte/Sozialkunde, und Erdkunde jeweils Note 3 (befriedigend).

Zwischen den Haupt- und Realschulabschluss veranlasste Evelyn den Arzt für Hals- Nasen- Ohrenheilkunde, Dr. Sauer am Kurfürstendamm, die von Frau Dr. Flemming verpfuschte Nasenoperation zu reparieren. Erst hatte die Krankenkasse versucht die Kosten nicht zu übernehmen, aber Evelyn hatte eine schriftliche Erklärung der Krankenkasse, die zugesagt hatte, die Kosten erst zu übernehmen, nachdem die Besaitung der Barthaare mit Erfolg durchgeführt wurde.
Diese schriftliche Zusage hatte sie viele Jahre zuvor durch eine Rechtsanwältin erkämpfen müssen.
Herr Dr. Sauer hatte eine sehr gute Arbeit geleistet. Er hatte nicht nur die Nase verkleinert, so dass sie zur Gesichtsform gut passte, sondern hatte auch das dauernde Problem mit dem Nasenbluten beseitigt und Evelyn konnte wieder ganz gut atmen.

Anfang des Jahres 1999 meldete sich Evelyn bei der Peter-A.-Silbermann-Schule in der Blissestraße 22 zum nachträglichen Erwerb des Abiturs, was erst Ende August anfangen konnte. Zwischenzeit teilnehmen sie an den Kursen Deutsch als Fremdsprache, Grundbaustein II, in der VHS Spandau, und gleichzeitig versuchte sie ihre Wohnung zu renovieren.
Sie war bei der Wohnungsrenovierung, von der Leiter heruntergefallen, so dass sie den Kopf und die Wirbelsäule schwer verletzt hatte. Durch

die Kopfverletzung bekam sie wieder starke Gedächtnisstörungen, trotzdem fing sie Ende August bei der Peter-A.-Silbermann-Schule an. Leider hatte der Leiterunfall große Gedächtnisstörungen hinterlassen, so dass die Schulbeurteilung der Leistungen in den Keller fiel.

Nach circa dreiundzwanzig Monaten, am achtzehnten Juli 2001 bekam Evelyn das zweite Zeugnis mit folgender Beurteilung der Leistungen: Englisch und Mathematik jeweils Note 4 (ausreichend) – Deutsch, Latein, Politische Weltkunde und Physik jeweils Note 5 (mangelhaft). Sie beschloss darum erst ein Jahr Pause zu machen, und besuchte in der Zwischenzeit in der VHS Spandau, die Kurse Deutsch als Fremdsprache, Zertifikatsstufe Übergang B1/B2, Oberstufe (ZOP und KDS), Deutsch I und II.
Am fünfzehnten April 2002 bekam sie von den „Die Europäischen Sprachenzertifikate" das Zertifikat Deutsch mit den Note 2 (gut). Sie hatte ein Gesamtergebnis 267,00 von 300,00 erreicht.
Und am siebenundzwanzigsten Januar 2003, machte sie auch bei den „Die Europäischen Sprachenzertifikate" das Zertifikat Italienisch mit den Note 1 (sehr gut). Sie hatte ein Gesamtergebnis 270,00 von 300,00 erreicht, so konnte sie sich von dem Fach Latein befreien lassen.

Nach Empfehlung vom Schulleiter des Peter-A.-Silbermann-Schule, wechselte Evelyn die Schule und ging zum „Abendgymnasium Prenzlauer Berg" in Berlin-Pankow. Dort konnte sie am neunzehnten August 2002 anfangen, aber auch dieser Wechsel hat nichts gebracht, die Schulleistungen blieben in Keller.
Nach circa achtundzwanzig Monaten, am zwölften Januar 2005 bekam sie das fünfte Zeugnis. Die Beurteilung der Leistungen war unverändert: Politische Weltkunde Note 4 (ausreichend) – Mathematik und Englisch jeweils Note 4- (ausreichend) – Deutsch Note 5+ (mangelhaft) – Physik Note 5 (mangelhaft), so dass sie zum Abitur nicht zugelassen würden. Darum hatte sie beschlossen vorläufig eine sehr lange Pause von der Schule zu machen.

Nehmen Abschied von Mimmo (2005-2007)

Durch den Schulstress und andere Probleme hatten sich bei Evelyn die Magenprobleme stark verschlimmert, sodass sie überzeugt war, dass ihre Zeit endlich gekommen war.
Sie ging im Juli 2004 zu ihrem Hausarzt. Die Arztpraxis wurde von dem Ehepaar Herr und Frau Dr. Kröhn übernommen, weil Herr Dr. Kohs in den Ruhestand gegangen war.
Nach Anordnung eine Gastroskopie wurde eine chronisch fortschwelende Antrumgastritis (Magenschleimhautentzündung) mit regelwidrig abnormer Vermehrung von Zellen bestätigt. Frau Dr. Kröhn hatte gegen den Willen und das Wissen von Evelyn ihr Antibiotika verschrieben, obwohl sie ihr eindeutig berichtet hatte, dass sie eine Antibiotikumallergie hat.
Evelyn wurde Tag für Tag kränker. Nach circa neun Tagen war sie überzeugt, dass sie die folgenden Tage nicht überleben würde, als ein körperlicher und geistiger Schutzmechanismus in Kraft trat.
Der Körper hatte sich geweigert weiter Antibiotikum und Lebensmittel zu sich zu nehmen, und sie hatte andauernd gebrochen.
Nur Wasser konnte sie trinken.
Nach mehreren Tagen hatte sie das Schlimmste überstanden, aber erst nach mehr als drei Monaten ging es ihr wieder einigermaßen besser.
Danach drohte sie der Praxis von Dr. Kröhn mit einer Anzeige wegen versuchten Mordes, wenn sie sich noch einen solchen Fehler erlauben würde.

Seit einiger Zeit spürte Evelyn, dass etwas nicht stimmen konnte.
Die Briefe, die sie von Mimmo bekam, schienen so, als ob alles in Ordnung war, aber Evelyn hatte immer mehr das Gefühl, dass irgendeiner oder irgendwas nicht mit rechten Dingen zugehe.
Sie schrieb nach beinah zwanzig Jahren Funkstille an Elena.
Elena hatte in ihren Briefen immer zugesichert, dass alles in Ordnung war und dass alle gesund seien, aber das seltsame Gefühl von Evelyn wurde immer stärker.
Am Samstagnachmittag, dem sechzehnten Juni 2007, bekam Evelyn von Elena folgendes Telegramm: ► Es tut mir leid, dir mitteilen zu müssen, dass unser Bruder Mimmo im Krankenhaus untergebracht ist wegen einer tödlichen Krankheit.
Setze dich dringend mit mir telefonisch in Verbindung. Meine Telefonnummer ist …
Deine Schwester Elena ◄

Bei einer telefonischen Rücksprache mit Elena hatte Evelyn erfahren, dass Mimmo seit langer Zeit an Darmskrebs litt und obwohl er mehrere Operationen hinter sich hatte, nicht mehr lange leben wird.
Leider war keiner der Verwandtschaft bereit Evelyn Unterkunft zu bieten oder zu suchen, da sie selbst krank war und sich finanziell teuere Hotelkosten nicht leiste konnte. So hatte sich alles in die Länge gezogen.

Evelyn befragte das Orakel über Mimmos Zustand und Zukunft, aber egal welches Werkzeug sie benutzte, ob mit Kartenlegen, ob mit Würfels, oder mit Programmen für Personal Computer, die Antwort war immer dieselbe.
Nach Angaben der Orakel war Mimmo todkrank und würde bald sterben, aber das Orakel sagte auch, wenn Mimmo seinen kommenden Geburtstag überleben würde, dann hätte er der Tod besiegt und somit könne er noch lange leben.
Mit diesen Informationen versuchte Evelyn Zeit zu gewinnen. Sie versprach Mimmo, ihn zu seinem Geburtstag zu besuchen, mit der Hoffnung ihm Kraft zu geben.

Inzwischen, Ende Juli, wurde Mimmo in die„Fondazione Castellini" verlegt, ein Pflege- und Altersheim in Melegnano Provinz von Mailand.
In einem telefonischen Gespräch riet die Ärztin, die Mimmo behandelte, Evelyn bald zu kommen und teilte mit, dass ein Gästebett im Zimmer von Mimmo für sie bereit gestellt worden sei und dass sie nichts zu zahlen brauche.
Evelyn wurde bewusst, dass sie Mimmo schnell besuchen muss, sonst verlöre sie die Möglichkeit, sich von ihm zu verabschieden. Darum versprach sie, innerhalb von zwei Wochen zu kommen.
In der Nacht von Mittwoch, den elften zu Donnerstag, dem zwölften Juli, traf Evelyn in der „Fondazione Castellini" ein.

Bereits nach sehr kurzer Zeit, als Evelyn bei der „Fondazione Castellini" antraf, hatte Mimmo sich so gut erholt, dass die Ärztin und das Pflegepersonal an ein Wunder und eine baldige Genesung glaubten.
Mimmo, der vom Unterleib abwärts gelähmt war, blühte regelrecht auf.
Er war wieder fröhlich und schöpfte neue Energien zum Leben.
Er ließ sich beinah jeden Tag von Evelyn mit dem Rollstuhl spazieren fahren, bekam Appetit auf feste Speisen und war überzeugt, dass er bald wieder laufen konnte.

Evelyn
alias
Dea APHRODITE-KALI

17. April 2005

Evelyn
alias
Dea APHRODITE-KALI

17. April 2005

Nach circa zwei Wochen war auch Evelyn überzeugt, dass Mimmo den Tod besiegen wird, aber dann hatte leider Agnese angerufen. Sie wollte Evelyn sprechen und treffen.

Evelyn sagte, dass sie darüber nachdenken wolle, aber Agnese hatte beharrlich darauf bestanden, so dass Evelyn zusagte, um Mimmo nicht unnötigerweise zu belasten.

Am Tag danach, Evelyn musste Agnese mit einem Taxi abholen und wieder zurückbringen, weil sie behauptete, dass sie kein Geld hatte.

Agnese beichtete Evelyn, nachdem sie es circa fünfundfünfzig Jahre verleugnete hatte, neben dem Bett und im Beisein von Mimmo, dass bereits bei der Geburt die Ärzte festgestellt hatten, dass Evelyn eine Hermaaphrodite ist, sie auch an chronisch depressiver Verstimmung litte, und dass sie nicht lange leben würde.

Agnese hatte auch die Unverschämtheit stolz darauf zu sein, dass sie veranlasst hatte, dass die Ärzte die weiblichen Organe operativ entfernen, weil sie um jeden Preis einen Jungen haben wollte.

Agnese hatte auch zugegeben, dass die sogenannten Vitaminspritzen, die sie im Jahr 1959 bekam, keine Vitamine waren, sondern Testosteron Präparate (männliche Geschlechthormon Präparate).

Agnese war auch nach fünfundfünfzig Jahren nicht bewusst, was sie für einen Schaden an Evelyn verursacht hatte.

Nachdem Agnese zurück nach Hause ging, konnte Evelyn noch nicht glauben, dass sie wirklich gehört hatte, aber Mimmo bestätigte ihr Agneses Beichte.

Nach diesem Tag ging es Mimmo wieder rapide schlechter, und als Evelyn bemerkte, dass sein Urin beinah nur aus Blut bestand, wurde ihr bewusst, auch wenn sie es noch nicht wahr haben wollte, dass Mimmo den Kampf gegen den Tod verloren hatte.

Die letzte Nacht, im Delirium, hatte Mimmo Evelyn gerufen, aber nicht mit ihrem Vornamen, sondern mit *„Mammi"*.

Samstag, den achtundzwanzigsten Juli 2007, wird Evelyn klar, dass es nur um Stunden geht. Sie ruft Elena an und danach Agnese und teilt ihnen mit, dass es zu Ende geht. Agnese wurde kurz danach von einer Nachbarin mit dem Auto gebracht.

Am Nachmittag nahm die herbei gerufene Ärztin Evelyn beiseite und erklärte ihr, dass Mimmo nicht mehr könnte, und dass er gehe wolle. Sie solle Agnese nach Hause bringen und schnell mit einem Anzug zurückkommen.

Evelyn war dazu aber seelisch nicht in der Lage, und wollte Mimmo in seiner letzten Stunde nicht allein lassen.

Evelyn hatte noch mal Elena angerufen, aber sie antwortete nur, dass sie zu Beerdigung kommen werde.
Die Ärztin gabt Mimmo eine Spritze und ging. Danach saß Evelyn neben ihm und hielt die ganze Zeit seine Hand, Agnese saß am Bettende.

Evelyn bemerkte, dass sie im Zimmer nicht allein waren, sondern auch viele von der Verwandtschaft, die bereits verstorben waren, auch der Bruder Angelo und der Vater Domenico da waren. Sie alle zeigten freundlich Evelyn das Sinnbild des Todes, beziehungsweise die Transformation mit den Worten, dass sie alle mit ihr zusammentreffen werden.
Evelyn wurde bewusst, dass sie mit zweiundsechzig Jahren endlich sterben wird, dass erst in diesem Alter dieses Sinnbild wieder kommen wird.

Um circa sechzehn Uhr, Mimmo war sehr schwach, aber noch bei vollem Bewusstsein, wollte er ein Blatt Papier und was zum Schreiben. Davor hatte er noch ein Eis gegessen.
Evelyn gab ihm ein Blatt und einen Kugelschreiber, aber er hatte keine Kraft mehr.

Evelyn drehte sich kurz zu Agnese um und traute ihren Augen nicht. Agnese saß festgeklammert am Bettende und fixierte Mimmo. Sie sah aus wie ein Geier, der nicht abwarten konnte, sich auf die Leiche zu stürzen.
Evelyn befahl ihr, dass zu unterlassen und Mimmo in Ruhe zu lassen.
Um dreißig Minuten nach sechzehn Uhr, gab Mimmo keine Lebenszeichen mehr von sich. Evelyn klingelte nach der Ärztin, aber sie konnte nur den Tod bestätigen.
Mimmo starb genau neunzehn Tage vor seinem achtundvierzigsten Geburtstag.

Evelyn wusste, dass Mimmo eine Feuerbestattung haben wollte, aber sie wusste auch, dass Agnese das nicht zulassen würde. Darum versuchte sie es mit einer List.
Evelyn teilte Elena telefonisch mit, dass Mimmo gestorben sei und fragte, ob sie wüsste, dass er eine Feuerbestattung habe wollte. Aber Elena behauptete, davon nicht gewusst zu haben.
Evelyn rief die Ärztin in einen anderen Raum und erklärte ihr Mimmos Letzten Willen.
Die Ärztin versuchte erst mit List, dass Agnese es zugäbe, dann mit Überredungskunst, ihr zu erklären, dass der Letzte Wille zu respektieren sei, so dass Agnese nicht anderes übrig blieb, als zuzustimmen.

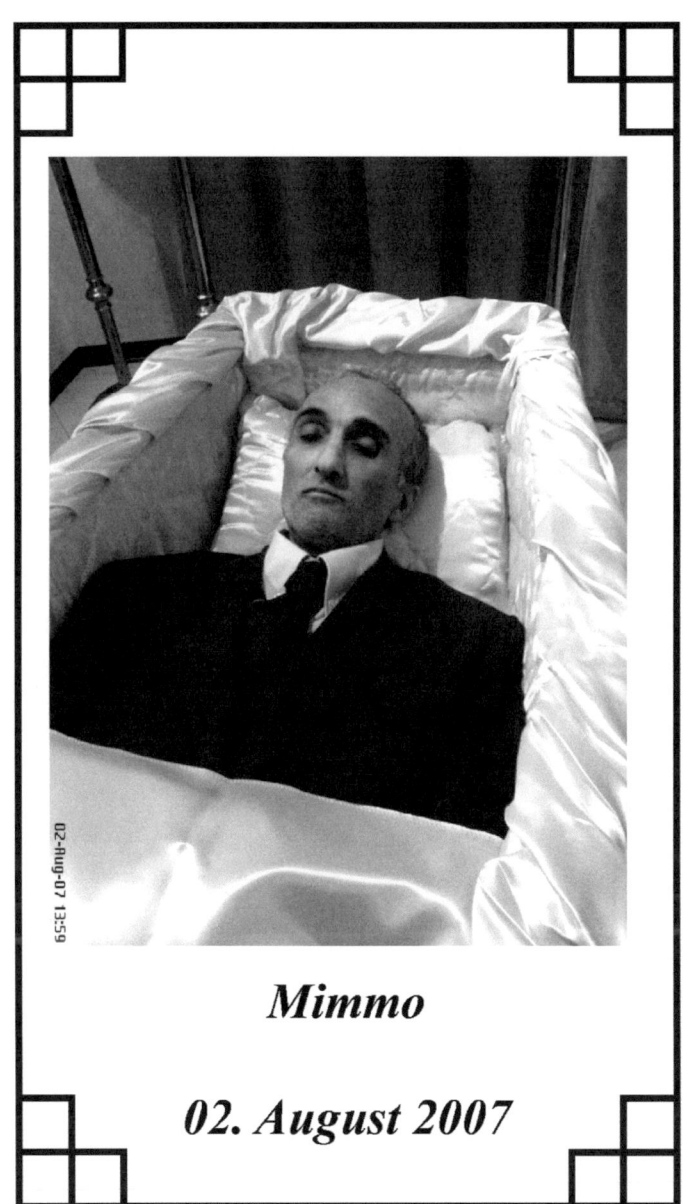

Mimmo

02. August 2007

Agnese bat Evelyn, ihr bei der Bestattung- und allen anderen Formalitäten behilflich zu sein.

Evelyn hatte dem zugestimmt, aber nicht für Agnese, sondern für Mimmo, mit der Betonung, dass sie Mitte August zurück nach Berlin fahren würde.

Donnerstag, den zweiten August, nach der Totenmesse wurde Mimmos Leichnam zum Krematorium in Lambrate, einem Stadtviertel von Mailand überführt, wo er am Tag danach verbrannt wurde.

Die Familie traf sich in den Bar der „Fondazione Castellini". Kurz nachdem Onkel Vittorio zu Evelyn ging, um sich mit ihr zu unterhalten, bemerkte sie von weitem Tante Maria, Vittorios Ehefrau, die sie sehr eifersüchtig beobachtete.

Evelyn wurde sofort klar, dass Maria Bescheid wusste über die damalige Liebesbeziehung zwischen Evelyn und Vittorio.

Evelyn begleitete und half Agnese bei den Bestattungs- und allen anderen Formalitäten. Es wurde ein Sparbuch von Mimmo mit circa zweitausendfünfhundert Euro bei der Konsumkooperative Coop gekündigt.

Evelyn wollte auf ihr Viertel verzichten, aber als Elena ihren Anteil haben wollte, was ihr gutes Recht war, entschied die Coop den Betrag zu teilen und jedem seinen Erbteil per Bankscheck zu senden.

Evelyn hatte, nach Einlösung des Bankscheck, den Betrag an Agnese überwiesen. Natürlich hatte sie zuerst die Bankkosten abgezogen.

Es gab ein Gemeinschaftsbankkonto von Agnese und Mimmo mit einem Betrag von circa zehntausend Euro, obwohl Agnese behauptete, dass sie kein Geld hatte, und darum auch die Verwandtschaft für die Beerdigungskosten angebettelt hatte.

Das Gemeinschaftsbankkonto wurde aufgelöst und eine neues in Mombretto auf den Name von Agnese eingerichtet, für das später Evelyn und eine Nachbarin eine Vollmacht bekamen.

Es sollte auch das fast neue Auto von Mimmo verkauft werden, aber die Zeit war zu kurz, darum hatte es Agnese verkauft, nachdem Evelyn wieder nach Berlin zurückgefahren war.

Der Verkauf des Autos brachte Agnese später sechstausend Euro, die sie auch behielt.

Obwohl Evelyn sich bemüht hatte, alles zu erledigen, wurde sie auch noch von Agnese beschuldigt, die Autoschlüsseln gestohlen zu haben, und als diese sie später wieder fand, hat sie es nicht nötig befunden, sich zu entschuldigen.

Elena hatte die ganze Verwandtschaft angerufen mit der Beschuldigung, dass Evelyn Agnese die Eigentumswohnung entreißen und sie auf die Straße setzen wollte.
Mimmos Asche war noch nicht beigesetzt, als Agnese und Elena telefonisch schon Spekulationen machten über Evelyn Tods und wer sie beerben wird.

Am siebzehnten August, Evelyn und Agnese holten mit einem Taxi die Urne mit Mimmos Asche beim Krematorium von Lambrate ab und brachten sie zum Friedhof von Baggio. Dort wurde sie in einem Urnenfach in der Nähe der Überreste des Bruders Angelo beigesetzt. Nachmittags am Tag danach verließ Evelyn Mailand mit dem Zug, und traf in Berlin Spandau am neunzehnten August um halb sieben Uhr ein.

Agnese wird von ihrer boshaften Vergangenheit eingeholt und überfahren (2007-2009)

Zurück nach Berlin, Evelyn machte Pläne für eine endgültige Rückkehr nach Italien, da sie wusste, dass sie nur noch wenige Jahre leben würde. Darum wollte sie in Italien sterben.

Agnese versuchte Evelyn zu überreden, dass sie bei ihnen wohnen sollte. Als Gegenleistung sollte sie später die Wohnung erben. **Agnese glaubte, dass sie mit der Wohnung Evelyns Segen abkaufen konnte und sie ihr somit wegen ihrer boshaften Vergangenheit vergeben würde.**

Evelyn machte ihr daraufhin wieder zum zigsten Mal klar, dass sie nicht käuflich ist, und es auch aus vielen anderen Gründen nicht möglich war, in die Wohnung zu ziehen, unter anderem:
► Auch wenn sie ihr verzeihen würde, könnte sie mit ihr auf keinen Fall zusammenleben, da sie sonst schnell zugrunde gehen würde. ◄
► Auf Gesundheitsgründen konnte sie nicht viele Treppen steigen. Die Wohnung lag aber in der zweiten Etage und war ohne Fahrstuhl. ◄
► Da Evelyn an akuten Depressionen litt, benötigte sie ihren Freiraum für sich. ◄
► Nicht zu vergessen, wenn Evelyn die Wohnung erben würde, dann hätte sie einen andauernden Krieg mit Elena gehabt, auch wenn die ihr mündlich zugesichert hatte, die Wohnung nicht haben zu wollen. ◄
Evelyn wollte darum eine Einzimmerwohnung zur Miete haben, die sie auch selbst bezahlen könnte. Aber obwohl Agnese und Onkel Vittorio sich angeblich bemüht hatten, eine zu finden, konnte angeblich keine gefunden werden.

Agnese hatte eine Alters- und Witwenrente. Von kurzem hatte das Auto von Mimmo verkauft und hätte damit circa zwölftausend Euro auf dem Bankkonto haben müssen. Doch hatte sie immer noch die Unverschämtheit, zu behaupten, dass sie kein Geld hätte.
Sie wusste, dass Evelyn nur eine Invalidenrente von weniger als siebenhundert Euro hatte, und trotzdem versuchte sie, sie anzubetteln. **Glaubte Agnese etwas, dass Evelyn extra für sie auf den Strich gehen würden, nur weil sie nicht genug haben konnte?**

Evelyn verfiel daraufhin wieder in akute Depressionen mit Nervenzusammenbruch. Sie sah ihr ganzes Leben ablaufen wie einen

Film. Alle Erinnerungen kamen zurück, auch die, die sie seit Ewigkeiten verdrängt hatte, so dass sie Anfang des Jahres 2008 darüber nachdachte, ob sie endlich ein Buch über ihr Leben schreiben sollte.

Evelyn schrieb in ihrem digitalen Tagebuch unter anderem folgendes:
▶ **Mittwoch, 28. Mai 2008**
Heute bin ich genau 56 Jahre alt. Agnese, meine falsche Mutter, hat mich um 8:45 Uhr angerufen.

- Sie rief mich mit drei verschiedenen Namen, aber keiner von den dreien war meiner.
- Ich gab ihr zu verstehen, dass es keine Beweise gäbe, dass sie meine Mutter ist.
- Sie leugnete das und behauptete beharrlich es zu sein.
- Ich fragte sie, wann ich geboren wurde.
- Sie sagte nach einigen Sekunden nachdenken: 1952.
- Ich fragte sie nach dem Tag und dem Monat. Obwohl ich heute Geburtstag habe, war sie nicht in der Lage, mir zu antworten!

Nach 13 Minuten Telefonieren sagte ich, dass es mir nicht gut geht und legte den Telefonhörer auf.
Kurz nach dem Anruf von Agnese begann ich die Geschichte meines Lebens zu schreiben.
Ich gab dem Buch den Doppeltitel {„Wer ist Dea APHRODITEKALI?" oder „I Fioretti di san Francesco d'Assisi"}, und „Dea APHRODITE-KALI" als Schriftstellerinnen-Name (mein Künstlername). ◀

▶ **Donnerstag, 19. Juni 2008**
Als ich heute nach Hause zurück kam, stellte ich fest, dass Agnese schon drei Mal versucht hatte, mich anzurufen hatte. Das war um 12:30, 12:32 und 12:36 Uhr.
Um 13:16 Uhr habe ich zurückgerufen.

- Sie erzählte mir, dass sie zum Friedhof gebracht wurde, um Angelo und Mimmo zu besuchen.
- Ich blieb kalt und gab ihr zu verstehen, dass ich schon begonnen hatte, meine wahre Geschichte zu schreiben, dass ich über alles die Wahrheit schreiben werde, vor allem über meine Geburt und die ersten acht Jahre meines Lebens. So werden alle und auch die Verwandten die Wahrheit erfahren, besonders über sie.
- Sie gab sich gleichgültig und sagte, dass die Verwandten die Wahrheit schon kennen. Sie klagte mich an, einen Nervenzusammenbruch haben.
- Ich antworte ihr, dass die Verwandten nur ihren Lügen kennen.
- Sie klagt mich an, verrückt zu sein.

- Ich sage ihr, dass ich mit den Nerven am Ende bin und ich keine Zeit zu verlieren habe, weil ich das Buch fertig schreibe muss. Darum könne ich sie nicht mehr anrufen. Um 13:30 Uhr werfe ich den Telephonhörer runter. ◄

► Dienstag, 15. Juli 2008

Heute in der Zeit von 11:21 bis 11:29 rief Frau Luigina, die Exkollegin und Freundin von Mimmo, über den Telefonapparat im Haus von Agnese an, weil Agnese nicht den Mut hatte, direkt mit mir zu sprechen und auch, um einen Zeugen zu haben.

- Luigina informierte sich sehr freundlich über meine Gesundheit.
- Nachdem ich ihr gesagt habe, dass ich mit den Nerven am Ende bin, informiere ich sie, dass ich meine wahre Geschichte schreibe und auch betreffs der ganzen Wahrheit über Agnese, dass sie keine Heilige ist, wie sie es überall glauben machen will.
- Sie sagt mir, dass es ihr eine Freude sein wird mein Buch zu lesen, wann es geschrieben ist, und sie fragt mich, ob ich mich noch mit Agnese in Verbindung setzen werde.
- Ich sage ihr, dass ich es satt habe, die Lügen von Agnese zu hören, betreffend meine Geburt und die folgenden Jahre. Bis sie mir nicht die Wahrheit erzählt und mir nicht die ärztliche Dokumentation von meiner Geburt und den folgenden acht Jahren besorgt, will ich nichts mehr von ihr wissen. Außerdem mache ich ihr das Angebot, dass ich ihr höchstens noch Zeit dafür geben werde, bis ich das Buch zuende geschrieben habe. Aber wenn ich es geschrieben habe, kann ich ihr nicht mehr verzeihen und werde sie anzeigen.
- Luigina sagt, dass Agnese sagte, dass sie mich liebt.
- Ich bestreite das und sage, dass ich weiß, dass es nicht wahr ist und dass Agnese alles aus Berechnung macht.
- Nachdem wir uns verabschiedet haben, beende ich den Anruf. ◄

► Sonntag, 27. Juli 2008

Heute ist es genau ein Jahr her, dass Mimmo gestorben ist. Ich benutze die Gelegenheit, um ihm um Rat zu fragen und die anderen Verwandten und Freunde, die schon tot sind, durch die Würfel der Zukunft, betreffend Agnese.

- Ich frage sie, ob ich mich noch mit Agnese in Verbindung setzen sollte, wenn sie bereit ist die ganze Wahrheit zu gestehen.
- Sie antworten mir durch die Würfel, mit einem sehr klaren *„Nein"*, da es keine Hoffnung mehr gibt.
- Ich frage sie, ob es gut ist, dass ich fortfahre meine wahre Geschichte zu schreiben, und die Wahrheit über Agnese.

- Ihre Antwort ist ein sehr klares *„Ja"*, weil nur so wird die Wahrheit über mich und Agnese an den Tag kommen.

Obwohl die Ratschläge der Verstorbenen ohne jeden Zweifel sind, habe ich genau um 16:30 Uhr, dem Augenblick, in dem Mimmo starb, Agnese angerufen. Im gleichen Augenblick, in dem sie sprach, kam mir ein sehr kalter Schauder über meinen ganzen Körper.

Ich lege sofort den Telefonhörer auf, die Verstorbenen haben hundertprozentig recht, und ich weiß, dass es das letzte Mal ist, dass ich sie angerufen habe. ◄

► Dienstag, 7. Oktober 2008

Heute habe ich an Onkel Vittorio geschrieben. Ich schickte ihm Glückwünsche zu seinem dreiundsiebzigsten Geburtstag, der am 31-10-2008 ist.

Ich machte ihm bei der Gelegenheit darauf aufmerksam, dass ich ein Buch über meine wahre Geschichte schreibe, und dass ich auch über das Ereignis vom August 1959 geschrieben habe, aber ich erwähnte ihm gegenüber nicht, was in jenem Monat geschah. Schließlich musste er noch genau wisse, dass ich damals etwas mehr als sieben Jahre und er etwas weniger als vierundzwanzig Jahre alt war, und wir eine geschlechtliche Beziehung gehabt hatten... ◄

► Freitag, 5. Dezember 2008

Heute habe ich offiziell an etwa fünfzehn Verwandte die Vorstellung des Buches über meine „wahres" Leben gesendet.

In den nächsten Tagen werde ich sie auch an andere Verwandte, Freunde und Bekannte aus der Vergangenheit senden.

Die Vorstellung habe ich wie folgt geschrieben:

Weihnachten 2008 & Neujahr 2008-2009

Liebste Verwandte, Freunde, Bekannte und etc. etc.,

ich stelle euch offiziell vor: Mich und das Buch über mein „wahres" Leben.

Die meisten von euch kennen mich als Evelyn TURIANO, seit etwa zehn Jahren im Internet als „Madame Evelyn TURIANO"...

Andere von euch kennen mich schon wenigstens als ich etwa sieben Jahre alt war auch als „Dea APHRODITE", seit etwa dreißig Jahren und seit etwa zehn Jahren auch ins Internet als „Dea APHRODITE-KALI"...

Bei "Dea APHRODITE-KALI" handelt es sich um meinen Namen von den „vielfältigen Talenten", einen sogenannten Künstlernamen, in diesem Fall meinen Namen als „Schriftstellerin" – „Dea APHRODITE-KALI" schreibt, in Italienisch und in Deutsch über die „wahre" Geschichte von Evelyn TURIANO... ◄

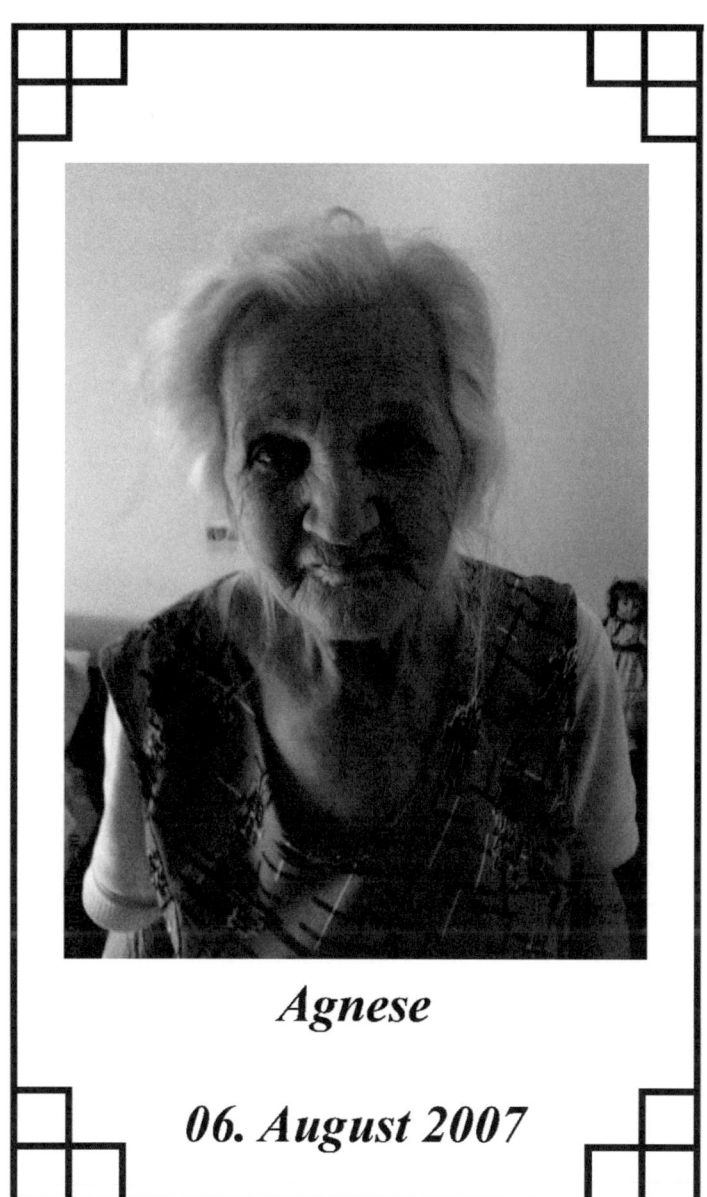

Agnese

06. August 2007

▶ Dienstag, 16. Dezember 2008

Heute bei der wöchentlichen Reinigung der Wohnung, erinnerte ich mich daran wie ich zehn Jahre alt war:
In Jahr 1962 hielt eine Limousine vor der Villa in der Via E. Vismara 34 (Arese) an. Eine Nonne, begleitet von einer Eminenz, wurde mir vorgestellt als Cousine von Agnese. Sie war Extra aus Rom gekommen, um mich zu besuchen.
Ich hatte sie sofort wiedererkannt als meine wahre Mutter, die Nonne, die mich verlassen hatte, nachdem sie mich geboren hat... ◀

▶ Sonntag, 21. Dezember 2008

Heute um 14 Uhr und 43 Minuten ging mir ein schrecklicher Schauder über den Rücken. Es wurde mir sehr kalt und mein Körper begann sehr stark zu zittern. Im gleichen Augenblick klingelte das Telefon.
Ich vermutete sofort wer derjenige war: tatsächlich, Agnese hatte die Frechheit trotz allem mich anzurufen:

- Sie wünschte mir eine gute Weihnachtszeit.
- Ich fragte sie, warum sie mich angerufen hatte.
- Sie verkündete mir, dass sie an den Augen operiert werden müsste.
- Ich fragte sie, warum sie sich andauernd weigerte, die Wahrheit über meine Geburt zu gestehen, und dass ich mich an alles erinnere.
- Sie behauptete, dass ich mich irre, versuchte Mitleid zu erregen und wiederholte, dass ihre Augen operiert werden müssten.
- Ich fragte sie mit Kühle noch mal, warum sie angerufen habe, und dass ich offiziell die Wahrheit wissen wolle.
- Sie wiederholte andauernd, dass ich mich schwer irre und dass ich daran zugrunde gehe werde.
- Ich versicherte, dass sie es sehen wird, wenn mein Buch veröffentlicht werden wird, und beendete den Anruf.

Der Anruf dauerte nicht mehr als vier Minuten, trotzdem war meine Körpertemperatur unter 35 Grad Celsius abgekühlt.
Nach etwa zwei Stunden war ich gezwungen ein halbes Kilo Nudeln und Käse kaufen zu gehen, um meine biologische Erwärmung wieder in Betrieb zu nehmen. ◀

▶ Donnerstag, 19. Februar 2009

Heute um 08:16 Uhr hat mich meine Schwester Elena angerufen. Ich bemerke, dass in ihrer Stimme eine gewisse Falschheit versteckt ist.
Sie hat sie bestimmt von Agnese geerbt.

- Sie verkündete mir, dass bei Agnese etwas geschah.
- Ich fragte sie, ob Agnese tot wäre.

- Sie verneinte und sagte, dass sie in einem Altersheim untergebracht worden war, und dass Agnese zu Hause sterben wollte.
- Ich erzählte ihr von meinem Verdacht betreffend meine Geburt, und dass Agnese höchst wahrscheinlich nicht meine Mutter ist. Sie ist wahrscheinlich eine Cousine von meiner Mutter, die eine Nonne war. Ich erzählte ihr auch einigen Familiengeheimnissen.

Nach einigem Gesprächsaustausch beendeten wir nach etwa neun Minuten den Anruf. ◄

► Dienstag, 24, Februar 2009

Heute in der Zeit zwischen 11:10 und 11:15 Uhr, auf den Weg zurück nach Hause von den gewöhnlichen Erledigungen änderten sich meinen Gefühlen der Seele und des Körpers schroff und gingen auf und ab wie ein Karussell.

Ich erhalte diese Gefühle, wenn eine Person, die ich kenne stirbt oder etwas schreckliches mit ihr geschieht.

Ich bin sofort sicher, dass Agnese tot ist oder im Sterben liegt. Auf jeden Fall hoffe ich mit ganzem Herzen, dass es sich nicht um jemand anderes handelt. ◄

► Mittwoch, 25. Februar 2009

Es ist schon seit heute morgen, als ich aufgewacht bin und auch während des Schlafes, dass meine Gefühle auf und ab Karussell spielen.

Es sind zu viele und gleichzeitige Informationen, die ich von meine lieben Verwandten, Freunde, Bekannten und Ratgebern aus dem Reich der Verstorbenen erhalten. Es gibt irgendetwas zwischen ihnen, dass versucht, die Übertragungen zu stören. Es wird wahrscheinlich Agnese sein.

Gegen 11:28 Uhr versuchte ich Elena anzurufen, um zu erfahren wer verstorben ist, aber keines antwortete. Vielleicht ist sie nicht zu Hause oder konnte sie nicht an Telefon kommen.

Ich entscheide abends anzurufen, aber dann überlege ich, dass es besser ist zu warten.

Während des Abends habe mich zum Teil beruhigt.

Die Informationen, die ich aus dem Reich des Verstorbenen erhalte sind eindeutig. Sie empfehlen mir, die Ruhe zu bewahren, da ich die einzige Person bin, die die Wahrheit aufdecken lassen wird, durch meine wahre Geschichte und betreffend der Experimente in den fünfziger Jahren und danach.

Das Buch muss um jeden Preis geschrieben und veröffentlicht werden, alle Opfer rechnen mit mir.

Es sind etwa dreiundzwanzig Tage, dass ich für etwa fünfundzwanzig Mal am Tag telefonisch terrorisiert werde. Zum Glück besitze ich die FRITZ!Box®. So kann ich die Anrufe mit anonymer Nummer sperren. ◄

Seit Februar 2009, als Agnese bewusst wurde, dass Evelyn fest entschlossen ist, das Buch fertig zu schreiben, zu veröffentlichen und sie danach anzuzeigen, verlor Agnese jede Lebenskraft und beschloss zu sterben, um so einer Strafanzeige zu entkommen.
Elena witterte ihre Chance, um alles von Agnese zu erben, obwohl sie sich seit über zwanzig Jahren nicht um sie gekümmert hatte.
Sie wusste auch, dass Evelyn sehr krank war und seit über einem Jahr einen akuten Nervenzusammenbruch hatte.
Elena hatte nur so getan, als ob sie sich um Agnese kümmerte. In Wirklichkeit veranlasste sie Agnese, ein Testament nur zu ihren Gunsten zu unterschreiben, und sicher zu gehen, ließ sie sich eine Vollmacht geben, um die Wohnung verkaufen zu können, und so das meiste für sich zu sichern.
Elena ließ Agnese ins Altersheim stecken, obwohl Agnese zu Hauses sterben wollte, mit der Begründung, dass sie selbst zu krank war, um sich um sie zu kümmern. Als Alibi ging sie zu Kur.

Evelyn könnte ihr entstelltes Gesicht nicht mehr ertragen. So bemühte sie sich seit etwa einem Jahr bei dem plastischen Chirurgen Dr. Detlef Witzel, sich auf eigene Kosten operieren zu lassen.
Erst war Dr. Witzel für circa zehntausend Euro bereit, operativ, die Narben zu korrigieren, das Gesicht, Stirn und Hals mit einer Gesichtsstraffung, die Nase neu zu formen, die Augenpartie so zu verändern wie ein Paradiesvogel und Mandelaugen zu machen.
Dr. Witzel hat dann aber, für etwa sechs Monate, alles nur hinaus gezögert, weil er, angestiftet von seinen Kollegen Dr. Olaf Kauder und Frau Dr. Cara Tjaden-Müller in Berlin-Spandau, sich nicht mehr traute zu operieren.
Evelyn blieb nicht anderes übrig, trotzt starker Bedenken, als zu Dr. Dr. med. Johannes C. Bruck in das Martin-Luther-Krankenhaus in Berlin-Schmargendorf zu gehen.
Dr. Bruck operierte Evelyn am sechsundzwanzigsten Mai 2009 im Krankenhaus „Clinica Vita" in Berlin-Wilmersdorf, für den stolzen Betrag von etwa fünfzehntausend Euro. Zuerst sah das Gesicht schön und jung aus, weil es geschwollen war, aber nach und nach stellte Evelyn fest, dass völlig geschlampt wurde, und die Extra-Wünsche auch nicht umgesetzt worden waren.
Dr. Bruck versuchte Evelyn einzureden, dass alles in Ordnung war und weigerte sich, sie erneut und einwandfrei zu operieren, so dass Evelyn

gezwungen war, im November die Laux-Rechtsanwälte zu beauftragen ihre Interessen zu vertreten.

Seit Evelyn angefangen hatte, das Buch zu schreiben hatte, schien es in ihrem Leben wie verhext zu sein.
Es reichte nicht aus, dass sie wieder Depressionen und einen Nervenzusammenbruch hatte.
Nein, es mussten sich auch noch einige Ärztepraxen gegen sie stellen, z. B. das medizinische Personal der Frauenarztpraxis von Frau Dr. Sorina Kunert & Kollegen, die später in die Nummer vier den Haberlandweg in Berlin-Staaken umgezogen sind. Sie versuchten Evelyn zu überzeugen, dass sie wegen eines neuen Gesetzes, lebenswichtige und notwendigste Hormonpräparate selbst bezahlen müsste, obwohl das die Krankenkasse dementiert hatte.
Am einundzwanzigsten April 2009 machte Evelyn klar, dass sie ihr Recht genau kenne. Im Gegenzug wurde sie von dem medizinischen Personal mit rassistischen (ausländerfeindlichen), behindertenfeindlichen und menschenfeindlichen, verächtlichen Äußerungen schwer beleidigt und regelrecht bombardiert.
Zwei Tage später hatte Evelyn einen Beschwerdebrief per Einschreiben mit Rückschein persönlich an Frau Dr. Sorina Kunert geschrieben. Der Brief wurde nicht nur ignoriert, sondern im Gegenzug bekam Evelyn einen Anruf von der Arzthelferin mit der Mitteilung, dass die Frauenarztpraxis sie nicht mehr behandeln wollte.
Frau Dr. Cara Tjaden-Müller verordnetet Evelyn monatelang ein antibiotikumhaltiges Medikament, obwohl sie wusste, dass Evelyn dagegen allergisch ist. Dann sabotierte sie Evelyns Pläne für die Gesichtsoperation.
Dr. Witzel, angestiftet durch seine Kollegen Dr. Olaf Kauder und Frau Dr. Cara Tjaden-Müller, wollte Evelyn nun nicht mehr operieren.
Dr. Bruck hatte die Gesichtoperation verschlampt und weigerte sich, sie erneut und einwandfrei zu operieren.
Der Chefarzt Prof. Dr. med. D. Elling im Sana-Klinikum in Berlin-Lichtenberg, der in September 2009 eine Vaginalkorrektur bei Evelyn durchgeführt hatte, hatte nicht ganz wie abgesprochen operiert, sodass danach die selben Probleme geblieben waren.
Evelyn stellte ihn zu Rede, aber er stritt alles ab.
Es ist immer ratsam mindestens einen Zeugen mitzubringen, wenn man zu Chefarzt Prof. Dr. med. D. Elling Sprechstunden gehen.
Auch mit dem Personal-Computer gab es merkwürdigerweise dauernd Probleme. Es sah so aus, als ob jemand von außerhalb versuchte, andauern einzudringen, um Sabotage durchzuführen. Aber Evelyn hatte vorgesorgt und mehrere Kopien von dem Buch in verschiedenen Medien abgespeichert.

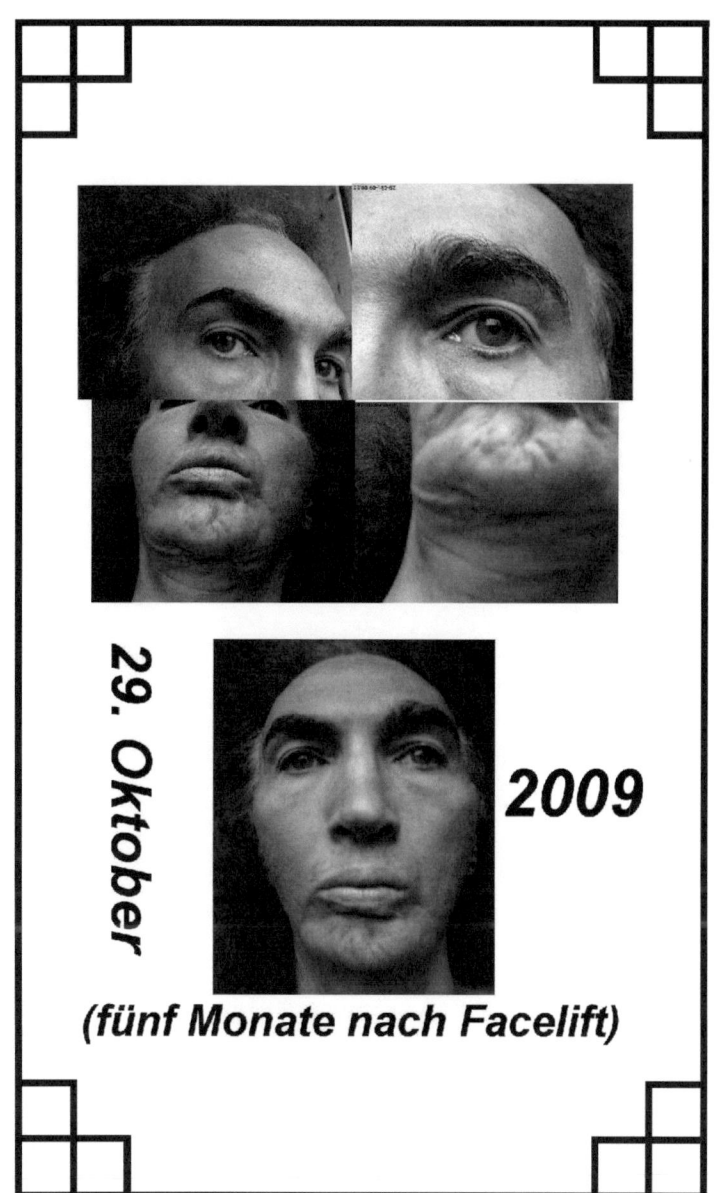

29. Oktober 2009

(fünf Monate nach Facelift)

Anfang Juni 2009, ein paar Tage nach Evelyn Gesichtsoperationen, bekam Evelyn von Elena eines SMS mit der Bitte um Rückruf.
Bei dem Telefonanruf erklärte Elena, dass Agnese nach Angaben der Ärzte nur noch ein paar Wochen zu leben hatte.
Evelyn erklärte, dass sie frisch operiert wäre, und dass sie deshalb nicht nach Italien komme könne, auch wenn sie wollte - wegen der Höhe der Infektionsgefahr.
Merkwürdigerweise hatte der Telefonterror seit einigen Tagen aufgehört.
Die Depressionen und der Nervenzusammenbruch waren beinahe wie in Luft aufgelöst und Evelyn war eindeutig gelassener.

Am zweiundzwanzigsten Juni 2009 um sieben Uhr und fünfundvierzig Minuten war Agnese, Evelyns schlimmste Feindin, in einem Altersheim in Casalnoceto, Provinz von Alessandria, Italien, gestorben.
Kurz nach acht Uhr bekam Evelyn von Elena eine SMS mit dem Satz: „Die Mama ist tot".
Evelyn hatte der Verwandtschaft telefonisch das Beileid ausgesprochen, aber Elena und Tante Silvana hatten absichtlich jedes Mal das Telefonat abgewiesen.
Elena lies Agnese im Mausoleum der Familien Dossola beisetzen, obwohl Agnese ausdrücklich und testamentarisch in Baggio begraben werden wollte.
Giovanni, der Verstorbene Ehemann von Elena und die übrigen Gestorbenen der Familie Dossola würden sich im Grab umdrehen, wenn sie wüssten, dass Agnese im selben Mausoleum beigesetzt wurde.
Mit der Zeit wird man feststellen, dass es im Dossola Mausoleum spukt, seit auch Agnese dort liegt.

Seit über dreißig Jahren hatte Evelyn einen ewigen Fluch über Agneses Seele gelegt. Sie sollte immer und immer wieder als Hermaaphrodite geboren werden und in sich selbst alle Leiden erleben, die Evelyn in den ersten acht Jahre ihres Lebens erdulden musste.
Nur Dea APHRODITE-KALI hat die Macht, diesen Fluch wieder aufzuheben, und keiner die andere Götter darf Agneses Seele beistehen oder sie beschützen.
Dieser Fluch wird nur aufgehoben, wenn Agneses Seele der Schaden bewusst wird, den sie an Evelyn verursacht hat und sie ihn auch bereut.

Der Anfang einer neuen Ära(?) (2009-2010)

Elena versuchte so schnell wie möglich Agneses Wohnung zu verkaufen und deren Bankkonto aufzulösen, aber ohne Evelyns Einwilligung war das für sie unmöglich.

Montag, den neunundzwanzigsten Juni 2009, bekam Evelyn einen Telefonanruf von einem gewissen Geometer Herrn Arrigone Gian Piero aus Castellar Guidobono (Alessandria), im Auftrag und Beisein von Elena.

Der Geometer teilte mit, dass Agneses Testament eröffnet wurde und dass nur Elena Erbin sei.

Evelyn machte ihm klar, dass ihr auf jeden Fall ein Recht auf den Pflichtteil zustehet.

Er sagte wiederum, dass es kein Problem wären, da Elena teilen wolle.

Dabei aber wollte er Evelyn einreden, dass die Wohnung nicht viel Wert wäre aufgrund der Wirtschaftkrise.

Evelyn machte ihm wiederum klar, dass sie nicht blöd wäre und dass sie genau weis, dass die Wohnung dort einen Wert von circa einhundertundsechzigtausend Euro hat, weil einige Monaten davor ein Nachbar eine genau gleiche Wohnung für circa zweihunderttausend Euro verkauft hatte.

Elena lies insgeheim, völlig verborgen vor Evelyn, am vierten Juli Agneses holographisches Testament beim Notar Dr. Vincenso Esposito in Tortona (Alessandria) hinterlegen und publizieren.

Agnese hatte das Testament bestimmt unter Einfluss von Elena geschrieben.

Agnese hatte immer eine Schrift wie eine Henne, aber dieses Testament, auf halb liniertem Heftblatt geschrieben, schien als wäre es von einer Henne geschrieben worden, die unter Drogen gesetzt wurde.

Zitat des Testamentes:
► „Testament
Ich widerrufe jedes meiner vorhergehenden Testamente.
Ich ernenne zum Universalerben von allem, was ich im Augenblick meines Tod besitzen werde, meine Tochter Turiano Elena.
Ich wünsche auf dem Friedhof der Gemeinde von Baggio begraben zu werden.
Casalnoceto, 25-04-2009
Fioraso Agnese" ◄

In einem Telefongespräch mit Elena am selben Tag, als sie das Testament hinterlegt und publiziert hatte, merkte Evelyn, dass Elena überhaupt nicht teilen wollte. Das Gegenteil war der Fall. Elena verdrehte alle Worte, die Evelyn sagte und behauptete, dass Evelyn schriftlich die Erbschaft abgelehnt hätte, was nicht der Fall war. Evelyn machte Elena unmissverständlich klar, dass sie überhaupt nicht abgelehnt hätte, dass sie nicht vor hatte, auf ihr Recht zu verzichten und wenn es nötig würde, dann würde sie auch gerichtlich ihr Recht einklagen.

Am sechsten Juli beauftragte Evelyn durch E-Mail die Rechtsanwältin Attilia Fracchia in Mailand, die inzwischen in Nummer acht am Kaiser-Tito-Platz (Piazza Imperatore Tito, 8) umgezogen war, ihre Interessen zu vertreten.
Die Rechtsanwältin übernahm, nach Erkundigung der Sachlage, den Fall.

Elena bekam sofort Panik, als sie erfuhr, dass Evelyn durch eine Rechtsanwältin vertreten wird.
Für kurze Zeit war sie sogar bereit, auf die Erbschaft zu Gunsten von Evelyn zu verzichten, obwohl sie ein paar Tage zuvor unmissverständlich klar gemacht hatte, dass sie und ihre Familie von Evelyn nichts wissen wollte. Aber Evelyn bestand auf gerechter Teilung zwischen den Geschwistern.

In den folgenden Monaten wurde die Rechtsanwältin von Elena und ihr „Spezialist" Geometer Arrigone Gian Piero regelrecht sabotiert und hingehalten, beispielweise weigerten sie sich, die Kontoauszuge der letzten zwei Jahre von Agneses Bankkonto, auszuhändigen.

Am einundzwanzigsten September, kurz vor siebzehn Uhr, versuchte Elena bei einem telefonischen Gespräch mit Evelyn die Mitleidstour abzuspielen, aber Evelyn fiel nicht darauf herein und machte ihr klar, wenn sie nicht mit der Rechtsanwältin mitarbeite, dann bleibe nichts anderes übrig, als zu prozessieren.
Elena versuchte es weiter mit der Mitleidstour. Es kam zum Streit. Evelyn sagte, dass sie sich schämen solle und dass sie sich genauso bösartig wie Agnese benommen hätte, und danach legte sie den Telefonhörer auf.

Am nächsten Tag spielte Elena die gleiche Mitleidstour telefonisch bei der Rechtsanwältin von Evelyn ab.

Die Rechtsanwältin machte Elena klar, dass Evelyn keinen Krieg gegen sie machen wolle, aber wenn sie nicht mitarbeiten würde, dann bleibe nichts anderes übrig, als zu prozessieren. So blieb Elena nichts anderes übrig, als einzulenken.

Nachdem Evelyn beim Italienischen Konsulat in Berlin ein notarielles Dokument ausfertigen lies, das die Rechtsanwältin zu ihrer Sonderbevollmächtigten machte, lies Elena am vierundzwanzigsten November beim Notar Dr. Vincenso Esposito notariell legitimieren, dass Evelyn ein Drittel der Erbschaft zustehe.

Seit November war offiziell notariell beglaubigt, dass Evelyn zu einem Drittel Miterbin ist, trotzdem versuchten Elena und ihr „Spezialist", der Geometer, weiterhin die Auflösung und Teilung der Erbschaft zu verhindern.

Ende Januar bekam Evelyns Rechtsanwältin von der Bank die von ihr angeforderten Kontoauszüge der letzten zwei Jahre von der Verstorbenen.
Die Kontoauszugesdokumentationen hatten ergeben, dass die letzten zwei Monate, bis zum Tod von Agnese, von ihrem Konto durch mehrere Bankschecks eine Gesamtsumme von circa Siebzehntausend Euro unterschlagen wurde, obwohl Agnese bereits seit über zwei Monaten in Sterben lag.

Evelyn, die genau ahnte wer die Unterschlagung begangen hatte, veranlasste daraufhin, dass die Rechtsanwältin die Bank beauftragte, eine genaue Untersuchung durchzuführen.
Sobald die Bestätigung vorlag, dass Elena die Unterschlagung zu verantworten hatte, sollte sie strafrechtlich verfolgt werden und dafür gesorgt werden, dass sie ihr Recht als Erbin verliert.
Im März berichtete Evelyn den Onkeln Pierino (Pietro), Vittorio und der Tante Silvana von Elenas Unterschlagung.
Außerdem, um sicher zu gehen, dass Elena die gerechte Strafe bekommt, verfluchte Evelyn sie, ihre Nachkommen und alle ihre Komplizen schriftlich.

Der außergerichtliche Rechtsstreit gegen Dr. Dr. med. Johannes C. Bruck, wegen der völlig geschlampten Gesichtsoperation, hatte kein Ende in Sicht.
[...] ⇔ [Dr. Bruck hat erreicht, dass in diese Stelle gestanden Wortsatz, durch einstweilige Verfügung (Beschluss von Landgericht Berlin vom 26. August 2010, Geschäftszeichen: 27 O 662/10) von Evelyn entfernen mussten. – Dieses Urteil würde in Abwesenheit und ohne Wissen von Evelyn beschlossen. – In der Widerspruchs- und Berufungsverfahren hatte Evelyn der

starke Eindruck (zumindest ist der persönlichen Meinung von Evelyn (Artikel 5 Grundgesetz)*), dass das Gericht und somit „der Senat" keinen Interessen hatten der Sachverhalt auf den Grund zu gehen. – Na ja, bei unterschiedlich Gesellschaftsschicht wird natürlich ein mit mehrfachen „Doktortiteln" mehr geglaubt als jemand von unterer Schicht wie Evelyn, dass ist Evelyns persönlicher Meinung! (Artikel 5 Grundgesetz)* – Die Frage ist auch, ob eine Gerichtsbeschuss, dir „nur" von Justizangestellte unterschrieben ist, überhaupt rechtskräftig ist.]

(Artikel 5 Grundgesetz)* (1) Jeder hat das Recht, seine Meinung in Wort, Schrift und Bild frei zu äußern und zu verbreiten und sich aus allgemein zugänglichen Quellen ungehindert zu unterrichten. Die Pressefreiheit und die Freiheit der Berichterstattung durch Rundfunk und Film werden gewährleistet. Eine Zensur findet nicht statt.*

Er hatte auch, um sich aus der Affäre zu ziehen, eine Liquidationsrechnung mit absurden Leistungen eingereicht, beispielsweise: zehnmal Verpflanzung einer Sehne oder eines Muskels, viermal Transplantationen, elfmal Nervenverlagen und Neueinbetten, viermal Implantationen, zweimal Entfernung von Fremdkörpers und so weiter.
Dr. Bruck hatte sogar nicht davor zurückgeschreckt, Evelyn die Diagnose „Cutis Laxa" anzudichten, eine seltene genetische Erkrankung des Bindehautgewebes. Es sollen nur hundertneunundfünfzig so erkrankte auf der ganzen Welt sein.
Die erste zwei Posten dieser Liquidationsrechnung würden auch in Rechnung gestellt, die dem Datum 07. Juli 2008 betrieft, obwohl am diesem Tag war Evelyn überwiesen mit „Überweisungsschein" zu Dr. Bruck, wegen Narbenkorrekturen. Somit hatte Dr. Bruck dem Tag 07. Juli 2008 doppelt kassiert, einmal von den Krankenkasse (die AOK) und von Evelyn.
Als Evelyns Anwältin Dr. Bruck schriftlich zu reden stelltet, beantwortet seinen Anwälten mit Datum vom 07. Mai 2010 folgenden Zitat: << Der Hinweis auf den am 07.07.2008 vorgelegten Überweisungsschein geht ins Leere, weil die Patientin auch zu diesem Zeitpunkt als Privatpatientin zu unserem Mandanten kam. Eine Kostenübernahme von der Krankenkasse wurde seitens der Patientin zu keiner Zeit angestrebt. Den Überweisungsschein hat unser Mandant der Patientin folgerichtig auch gleich wieder zurück gegeben. >>
In dieser Liquidationsrechnung würden, auch einmal unter Position 10 und einmal unter Position 23 Anästhesieleistungen abgerechnet, obwohl Evelyn bereits nach separater Rechnungsstellung der Anästhesieärzte beglichen hatte. – Es muss auch gesagt werden, dass laut Rechnung der Anästhesieärzte, die Anästhesiegesamtzeit „nur" 165 Minuten gedauert hat, obwohl Dr. Bruck Anwälten mit Datum vom 07. Mai 2010

folgenden behaupten haben, Zitat: << ... Aufgrund der erheblichen Dauer der gesamten Operation von gut 4 Stunden war ... >>
Unter Position 29 wurden zudem dreimalig ausführlicher schriftlicher Befunde berechnet, obwohl in der eingereichten Unterlage war „nur" der Operationsbericht zu entnehmen, die übrig eine falsche Operationsdatum enthält und nach Meinung von Evelyn (Artikel 5 Grundgesetz)* auch nicht vorschriftsmäßig geschrieben war.
Der Stellungsnahmen von Dr. Bruck Anwälten in derselbe Brief war, Zitat: << ... wurden tatsächlich 3 ausführliche schriftlich Befunde ausgeführt. Hierbei handelt es sich um den Operationsbericht, den von Patientin gewünschten Behandlungsbericht sowie um eine Krankschreibung, ... >> – Evelyn hatte überhaupt keinen Behandlungsbericht und Krankschreibung verlangen und schon gar nicht erhalten, und wozu sollte sie eine Krankschreibung brauchen, sie ist seit über 25 Jahren auf Gesundheitsgründen berente worden.

Die durch Dr. Bruck erfolgte Operation vom 26. Mai 2009 kommt einer vertraglichen Nichterfüllung gleich. Das Operationsziel wurde vollständig verfehlt, sodass die Dienstleistung von Dr. Bruck daher im Ergebnis völlig unbrauchbar und wertlos ist.
Hinzu kommt, dass Evelyn nicht in der gebotenen Weise über Risiken, insbesondere über Erfolgs- bzw. Misserfolgsrisiken aufgeklärt wurden. Auf diesen Gründen forderten die Laux-Rechtsanwälte am ersten April 2010 von Dr. Bruck, aufgrund des § 12 Abs. 3 GOÄ (Fälligkeit und Abrechnung der Vergütung für berufliche Leistungen der Ärzte) und § 280 BGB (Schadensersatz wegen Pflichtverletzung), seine Schadenersatzpflicht anzuerkennen und das geleistete Honorar zuzüglich der Kosten für Anästhesie, sowie der Kosten für den stationären Aufenthalt zu erstatten.
Außerdem ist Evelyn für die durch die misslungene Operation erlittenen Schmerzen und psychischen Belastungen zu entschädigen.
Evelyn ist auf jeden Fall bereit auch durch Gerichtsverfahren ihr Recht einzufordern.

Am 21. Juni 2010, bestätigt das Landgericht Berlin (Geschäftszeichen: 35 O 201/10) der Empfang der Klage gegen den Doc. Dr. Dr. med. habil. Johannes C. Bruck.

Auch bei dem Gerichtsverfahren waren die Aussagen von Dr. Bruck bzw. seinen Anwälten dauern widersprüchlich.
Sogar hatte seinen Anwälten, bei eine Schreiben an Landgericht Berlin von den 02. September 2010, sich berufen auf, Zitat: << ...
2. Anhörung des Beklagten gem. §§ 444, 448 ZPO ... >>

§§ 444 ZPO bedeutetet: << **Folgen der Beseitigung einer Urkunde**: Ist eine Urkunde von einer Partei in der Absicht, ihre Benutzung dem Gegner zu entziehen, beseitigt oder zur Benutzung untauglich gemacht, so können die Behauptungen der Gegner über die Beschaffenheit und den Inhalt der Urkunde als bewiesen angesehen werden. >>
Evelyn ist der Meinung (Artikel 5 Grundgesetz)*, wenn jemand auf eine solchen Paragraph sich berufen, dann ist eine solche Person völlig unglaubwürdig.

Das Landgericht Berlin hatte die Patientenkarte, Krankenakten, Befundberichte, und so weiter von Ärzten, Krankenhäusern und medizinischen Einrichtungen angefordert. – So lag vor Gericht auch der Beweis, dass Evelyn am 07. Juli 2008 tatsächlich überwiesen zu Dr. Bruck mit „Überweisungsschein" würde, wegen der Narbenkorrekturen. Daraufhin mit Datum 20. Dezember 2010, gab den Anwälten von Dr. Bruck zu, Zitat: << … 2. An den Darstellung der Klägerin zu Inhalt und Umfang der Risikoaufklärung ist lediglich richtig, dass sie tatsächlich am 07.07.2008 auf die Überweisung des Hausarztes hin in der Sprechstunden des Beklagten war. … >>
Nach Meinung von Evelyn (Artikel 5 Grundgesetz)*, hatte Dr. Bruck damit zugegeben, dass er dem 07.07.2008 doppelt kassiert hatte, einmal von den Krankenkasse (die AOK) und von Evelyn, somit hatte er sich strafbar der Betrug gemacht. – Das ist der persönlichen Meinung von Evelyn (Artikel 5 Grundgesetz)*.

Schluss mit Voraussage

Es sah so aus, als ob der Druck und somit die Veröffentlichung der Geschichte von Evelyn, geborene „FROLETTI" (alias Dea APHRODITE-KALI), absichtlich verhindert würde, obwohl Mitte des Jahres 2010 so gut wie alles fertig geschrieben war.

Perino Heydemann, ein guter Freund von Evelyn und erster Korrektor (?!?!?) der deutschen Version des Manuskripts, schien nicht weiter korrigieren zu wollen. Tatsache ist, dass, aus welchem Grund auch immer, sich die Korrektur in die Länge zog.

Es sah auch so aus, als ob die Verlage, denen Evelyn Teilmanuskripte zugesandt hatte, kein Interesse an ihrer Geschichte zeigten, da sie zuerst keine Antworten bekam.

Die Verlage, die Interesse zeigten, hatten unmögliche Vertragsbedingungen. Nach Angaben des Muster-Vertrags (einigen sogenannten Zuschuss-Verlage), sollte der Autor die Publikationskosten zahlen, das volle Risiko tragen, die gesetzlichen Urheberrechte verlieren und als Dank noch so gut wie nur die Unkosten behalten.

Natürlich kommen für Evelyn solche Bedingungen nicht in fragen. Sie ist vielleicht naiv, aber nicht blöd.

Wie auch immer, irgendwann nimmt der Druck und die Veröffentlichung des Buches seinen Lauf.

Die Zeit wird zeigen, ob der Tod von Agnese, Evelyns schlimmster Feindin, der Anfang einer neuen Ära für sie ist oder nicht.

Evelyn wird einige Zeit nach der Veröffentlichung des Buches auf mysteriöse Weise sterben. Das gerichtsmedizinische Institut wird unter anderem feststellen, dass sie ermordet wurde.

Hat der Vatikan mit der mysteriösen Tod von Evelyn was zu tun?

Das Buch wird spätestens nach der mysteriösen Tod von Evelyn zu einem Bestseller.

1990
Mischita

2001
Kikki Blue

2005
Tiger

Impressum

Die Deutsche Nationalbibliothek verzeichnet diese Publikation in der Deutschen Nationalbibliographie; detaillierte bibliographische Daten sind im Internet unter http://dnb.d-nb.de abrufbar.

Herausgeberin:

Evelyn TURIANO
Postfach 200355
D-13513 Berlin
Germany

Autorin:

Dea APHRODITE-KALI
Postfach 200355
D-13513 Berlin
Germany

{Die Autorin und Herausgeberin berufen sich auf „Artikel 5 Grundgesetz"!}

9 783839 198612

1. Auflage Juli 2010
2. Auflage März 2011

Herstellung und Verlag:

Books on Demand GmbH, Norderstedt, Germany

ISBN 978-3-8391-9861-2